Korea Godfather

코리아 갓파더

BBULMEDIA FANTASY STORY

Korea Godfather

코리아갓파더

12

정사부 현대 판타지 소설

contents

1.
천라지망

심재원 전무는 갱생도에서 KSS경호의 특임대를 훈련시키던 것이 전면 중단되자 무척이나 심심했다.

특임대의 훈련이 주지된 이유는 바로 대한민국 전역에 벌어진 테러 때문이었다.

성환이 테러 대책 본부 수장인 최세창 대령에게 도와주겠다는 말을 했고, 최세창 대령도 기꺼운 마음으로 도움을 받아들였다.

사실 최세창이 성환의 제안을 받아들인 것은 전적으로 국정원에서 들어온 정보 때문이었다.

처음 자신과 성환이 꾸미는 일을 은폐하기 위해 꾸몄던 일이 소 뒷걸음질에 쥐 잡는다고, 정말로 일본이 그런 음모를 꾸미고 있을 줄은 몰랐다.

그 때문에 실제로 일본인들로 보이는 테러범들을 잡았을 때는 깜짝 놀랐다.

그렇지만 최세창이나 성환의 놀라움은 시작에 불과했다.

뒤늦게 국정원에서 청와대로 알려 온 정보에 의하면 수개월 전부터 일본에서 대규모 테러행위를 하기 위해 한국에 침투를 해 있었다는 것이다.

그것도 한두 명도 아니고 수십 명이나 되는 대규모 인원이 일본 정부의 주도로 동맹국인 한국에 테러를 하기 위해 침투했다는 것을 듣고 믿을 수가 없었다.

하지만 계속되는 국정원의 정보 습득에 의하면 현 일본 정부의 수장이 이토 총리나 그 측근 장관들을 보면 충분히 가능하다는 보고였다.

그 때문에 긴장을 하고 있었는데, 실제로 대한민국 땅에서 테러가 발생했다.

치안 상태는 세계 제일이라고 생각했던 대한민국의 생각은 이 한 번의 테러로 무너졌다.

뿐만 아니라 각 지역에서 연이어 비슷한 유형의 테러가 연이어 터졌다.

더욱이 테러는 발생을 하는데, 아직까지 범인을 잡지

못했다.

이 때문에 국민들의 분노는 하늘을 찌를 듯 거셌다.

처음 테러가 발생했을 때만 해도 국민들은 너무 놀라 공황 상태에 이르렀지만, 그것도 잠시, 대한민국의 국민들은 이전 테러 미수 사건과 함께 얼마 지나지 않아 발생한 테러로 범인이 일본인이라 생각을 하고 정부에 대고 항의를 했다.

국가의 최우선 과제는 국민의 안전이다.

하지만 테러가 발생하면서 정부는 그것을 이행하지 못했다.

그랬기에 국민의 정당한 항의를 현 정부는 담담히 받아들일 수밖에 없었다.

그렇지만 정부는 국민들이 요구하는 대로 일본에 항의를 할 수가 없었다.

심증은 가지만 증거가 충분하지 못했기 때문이다.

테러를 벌인 범인들이 너무도 치밀했기에 현장에 범인의 물건 중 일본과 연관된 어떤 물적 증거도 남아 있지 않았다.

그렇기에 정부는 자신들이 테러를 막지 못한 것에 책임을 다하기 위해 노력을 기울였다.

정부는 자신들이 최선을 다한다는 것을 보여 주기 위해 국민들이 원하는 대표를 선임해 범국민 테러 대책 본부를 설립하고 그 책임자로 대규모 독가스 테러를 준비하던 일본인들을 붙잡은 최세창 대령을 그 수장에 앉혔다.

그리고 최세창 대령에게 많은 권한을 주어 테러 방지는 물론, 테러범들을 색출하는 데 모든 지원을 아끼지 않았다.

국정원의 정보 지원도 말이다.

하지만 범국민 테러 대책 본부라고 하지만 국정원에서 들어오는 정보를 분석하던 중 일본에서 넘어온 테러범들이 일반적인 테러범들이 아니란 것이 알려졌다.

특수부대처럼 전문적인 훈련을 받은 요원들이 대부분이란 것이 밝혀지면서 범국민 테러 대책 본부에 비상이 걸렸다.

현재 군은 북한과 대치를 하고 있기 때문에 테러범을 잡기 위해 동원을 할 수가 없었다.

물론 테러 방지를 위해 경찰특공대가 있긴 하지만, 전국적으로 산재해 있는 테러범들을 잡기에 이들의 수가 너무도 적었다.

테러 대책 본부장인 최세창 대령은 이때 과감하게 결단을 내렸다.

비록 군인도, 경찰도 아니지만 테러범들을 잡기에 적합한 이들이 있다는 것을 알기에 이를 대통령에게 상신하였다.

참으로 뜻하지 않은 때에 성환이 양성하고 있는 특임대가 공적인 일로 세상에 알려지게 된 것이다.

이미 미국에서 발생한 오렌지카운티 세인트 조나단 예술학

교 테러사건에서 활약한 KSS경호의 경호원들을 활용하는 방안을 들고 나온 최세창 대령의 제안에 잠시 혼란은 있었으나, 국방부에서 적극 찬성을 하자 통과가 되었다.

물론 대통령에게 KSS경호의 사장인 성환과 간부들의 정체에 관해 보고를 하였기에 쉽게 통과가 된 것이다.

대한민국 건국 이래 최강으로 인식되는 특전사 교관이며, 세계 최고라고 알려진 미국 특수부대원들도 고개를 숙이고 가르침을 받는 것을 영광으로 아는 남자. 그리고 미국이 두려워해 폐쇄하게 만든 특수부대 S1에 대하여 알려지자 대통령은 깜짝 놀랐다.

자신의 인가로 폐쇄되었던 S1이 특수 목적을 위해 양성된 이들이었다는 것을 뒤늦게 알고 뒤늦은 후회를 하며 최세창 대령의 요청을 허가했다.

아무튼 그렇게 대통령의 허가까지 떨어지자 최세창은 성환에게 특임대의 동원을 요청했다.

그리고 성환도 약속을 했기에 테러범을 잡기 위해 갱생도에서 마무리 훈련을 하고 있는 그들을 본사로 불러들였다.

그렇게 갱생도에서 훈련을 중단한 특임대들은 성환의 명령으로 전국에 설치된 범국민 테러 대책 본부에 파견을 나갔다.

이미 테러범들이 일반인이 아니란 것이 알려졌으니 이들을 잡기 위해 특수훈련을 한 이들이 필요했기 때문이다.

그런데 심재원이 KSS경호 본사에 있는 이유는 자신이 가르치던 특임대들이 전국에 파견을 나가다 보니 할 일이 없었다.

그래서 이렇게 본사 자신의 사무실에 오랜만에 앉아 있는 중이다.

명색이 회사에 둘뿐인 전무이기에 심재원의 사무실도 따로 있었다.

혼자 할 것도 없는데 사무실에 있자니 무척이나 심심했던 재원은 본사 내부에 설치된 테러대책협력본부 사무실로 향했다.

이곳은 범국민 테러 대책 본부에 협력하기 위해 성환이 임시로 만든 부서였다.

KSS경호의 특임대들이 정식 공무원이나 군인이 아니기에 범국민 테러 대책 본부에 파견 나가는 게 아닌, 지원을 하는 것이라, 대책본부에서 연락이 오면 현장으로 파견을 가는 형식이다.

지방에 파견 나가 있는 특임대 역시 지방에 설치된 범국민 테러 대책 본부지부에 직접 파견 나가 있는 것이 아니라 성환에 의해 장악된 지역 조직 연합의 사무실에 대기를 하고 테러범으로 의심되는 신고가 들어오면 출동을 하였다.

성환에 의해 전국에 있는 조직들이 수색꾼이 되어 자신들의 지역을 살피고, 테러범이 보이면 KSS경호의 특임대에 연락을 하거나, 지역 범국민 테러 대책 본부에 신고를 하면 특임대들이 잡아들이는 체계를 갖추었다.

이렇게 체계를 잡자 테러범들의 운신의 폭이 대폭 줄어들었다.

테러범들의 애초 목표했던 대한민국의 혼란은 순식간에 수습이 되었고, 그 분노는 테러를 일으켰을 것으로 예상되는 일본으로 향하게 되었다.

아무튼 심심했던 심재원이 협력 본부에 들어섰을 때 본부의 전화기가 요란하게 울렸다.

"네, 뭐라고요? 그게 정말입니까?"

전화를 받던 고준희 과장은 절로 목소리가 높아졌다.

잠실과 송파구 일대를 지역구로 하는 백곰 우형준에게서 연락이 왔다.

잠실에 테러범으로 보이는 자를 자신의 조직원이 보았다는 것이다.

물론 테러범으로 의심할 만한 증거는 없었지만 그자의 주변으로 이상한 현상이 일고 있었다 한다.

가만히 서 있는데, 주변에 지나는 사람들이 그 남자를 인식하지 못하고 지나간다는 것이다.

고준희 과장은 그런 우형준의 전화에 이상한 생각이 들었다.

우형준의 이야기를 들으면 들을수록 어디선가 들어 본 듯한 이야기였기 때문이다.

아니, 듣기만 한 것이 아니라 그런 현상이 일어나는 것을 본 기억도 있었다.

"신고한 사람에게 절대로 그자에게 맞서지 말라, 전하십시오. 무척 위험할 수 있습니다."

고준희는 우형준의 말에 그의 부하에게 연락해 경고를 했다.

"곧 특임대를 보낼 테니 그때까지 감시만 하라고 하세요."

전화를 마친 고준희는 얼른 자리에서 일어나 무전기를 들고 대기하고 있는 특임대에 지시를 내리려 했다.

하지만 고준희의 그런 행동은 심재원에 의해 차단이 되었다.

"그거 내가 가지."

"예? 전무님이 가시게요?"

"응, 사무실에 있으려니 좀이 쑤셔서 못 있겠다."

심재원은 특임대 대신 자신이 사건 현장으로 출동하겠다는 말을 했다.

몸을 쓰는 것을 좋아하는 심재원이다 보니 특임대 훈련을 하지 않고 사무실에 있으려니 견디질 못하는 것이다.

그래서 직접 현장으로 나서려고 했다.

"내가 갈 거니 그렇게 보고해."

"알겠습니다. 그럼 현장으로 전무님이 가시는 것을 보고하겠습니다."

"OK!"

심재원은 조금 전까지 지루해하던 표정이 사라지고 뭔가 새로운 장난감을 발견한 어린아이처럼 흥분한 표정으로 밖으로 나섰다.

◈　　◈　　◈

한편 철원과 두만은 크나큰 위기에 처하고 말았다.

어떻게 알았는지 자신들이 미행을 하던 남자가 자신들의 미행을 알아채고 뒤를 잡은 것이다.

"발뺌하려고 하지 마라, 다 지켜봤으니까."

요시오는 자신을 미행한 두 사람을 차가운 시선으로 쳐다보며 말을 했다.

요시오의 경고를 들은 두만과 철원은 자신도 모르게 뒤로 주춤 물러섰다.

아까 그를 발견하고 봤던 이상한 장면도 그렇고 또 멀찍이 미행을 한 자신들의 뒤에 소리도 없이 나타난 것만 해도 자신들이 알지 못하는 능력이 있는 것 같았다.

요시오의 압박에 위기를 느낀 두만과 철원은 주춤 뒤로 물러서며 주변을 살폈다.

그런데 언제 이렇게 된 것인지 주변에는 사람들의 그림자가 보이지 않았다.

너무도 이상했다. 이곳은 잠실 월드에서 그리 얼마 떨어지지 않은 곳이기에 비록 지금 시각이 늦었다고는 하나 이렇게 사람이 한 명 보이지 않을 정도로 삭막한 곳이 아니다.

하지만 지금은 정말 거짓말처럼 주변에 사람의 그림자가 하나 보이지 않던 것이다.

철원은 문득 이런 생각이 들었다.

'아니, 언제부터 주변이 이렇게 조용했던 거지?'

철원은 자신도 모르게 옆에 있는 두만의 옆구리를 팔꿈치로 치며 작은 목소리로 물었다.

"두만아, 여기 언제부터 이렇게 사람들 그림자도 보이지 않았던 거냐?"

철원의 물음에 주변을 살피던 두만은 정말이지 깜짝 놀랐다.

주변을 둘러보니 정말 주변에 사람의 그림자도 보이지 않았다.

그렇다고 이곳이 인적이 드문 산골에 있는 곳도 아니고 유동인구가 많은 잠실 월드가 있는 지역이다.

뿐만 아니라 이곳은 분명 호텔 앞인데 경비라거나 호텔 직원도 보이지 않고 있어 너무도 이상했다.

"저도 잘 모르겠는데요."

두만은 철원의 질문에 그제야 자신도 주변에 사람들이 보이지 않는다는 것을 깨닫고 대답을 했다.

그런데 이런 두 사람이 무슨 말을 하고 있는지 똑똑히 들은 요시오는 차가운 미소를 머금고 두 사람에게 말을 했다.

"이곳에 사람들이 오지 않는 것이 이상한가? 후후, 너희는 날 미행하느라 몰랐겠지만 이곳은 사유지야. 보행자 도로와도 한참 떨어진 곳이지."

그렇다. 요시오가 머물고 있는 아니, 일본에서 온 테러범들이 테러를 저지른 뒤 집결지로 이용하려는 이 호텔은 유동인구가 많은 잠실에 위치하면서도, 호텔에 들어서는 손님들이 다른 사람들의 시선에 노출되는 것을 피하기 위해 출입구를 접근이 편한 도로 쪽으로 내지 않고 조금 돌아서 들어오게 반대편에 입구를 냈다.

그런데 이런 것이 호텔에 투숙하려는 사람들은 개인 프라이버시를 보장받게 되면서 호텔운영에 적잖이 도움이 되었다.

아무튼 현재 철원과 두만이 큰 위기에 빠진 것이고, 입구를 요시오가 막고 있기에 도망칠 구석도 없었다.

그런데 참 이상한 것이 입구에서 이렇게 비상식적인 일이 벌어지고 있는데, 호텔에서 나와 보는 사람이 한 명도 없었다.

현재 대한민국에는 계엄령이 떨어져 있기에 조금만 수상한 기미만 보여도 신고가 들어가고 경찰이 출동을 했다.

하지만 이곳 호텔은 분명 CCTV로 입구를 보고 있을 것인데 아무런 조치도 취하지 않고 있었다.

주변 상황이 모두 이상하지만 철원과 두만은 이런 것을 인식하지 못하고 있었다.

그도 그럴 것이 눈앞에 있는 요시오로부터 언제부터인가 무척이나 거북스런 기운이 느껴졌기 때문이다.

말로 표현할 수 없는 이상한 느낌을 받으며 숨쉬기가 무척이나 답답했다.

마치 밀폐된 공간에 장시간 갇혀 있어 답답한 것처럼 거북했다.

그 때문에 한 걸음, 한 걸음 다가오는 요시오와 멀어지기 위해 뒤로 물러나던 두만과 철원, 그런 두 사람의 뒤에 또 다른 인영이 나타났다.

"준코, 잡아!"

철원과 두만의 뒤에 나타난 사람은 다름 아닌 요시오의 부관인 준코였다.

준코는 호텔로 돌아오는 요시오의 뒤로 누군가 미행하는 것을 호텔 방에서 확인하고 그에게 연락을 한 뒤 호텔 입구로 나왔다.

입구에는 검은 양복을 입은 남자 두명이 요시오 대좌의 기세에 눌려 뒤로 물러나고 있는 것이 보였다.

그런 두 사람의 뒤에 나타난 준코, 그런 준코에게 그녀의 상관인 요시오가 명령을 내린 것이다.

명령이 떨어지자 준코는 망설임 없이 자신을 등지고 있는 철원과 두만의 뒤를 덮쳤다.

한편 요시오가 소리치는 것을 들은 철원과 두만은 자신의 뒤에서 누군가 달려오는 것을 느끼고 뒤를 돌았다.

그런 두 사람의 눈에 자신들을 덮치는 아름다운 여성의 모습이 보였다.

160㎝정도의 아담한 체구의 오밀조밀한 이목구비를 가진 미녀가 자신들을 향해 뛰어오고 있지만 두 사람은 결코 그녀의 얼굴이 아름답다 느끼지 못했다.

'나찰!'

두만과 철원은 자신들을 향해 달려오는 준코를 보며 언젠가 백곰 우형준을 따라 절에 갔다가 본 나찰의 모습이 떠올랐다.

분명 겉보기에는 미녀였기에 왜 그런 생각이 들었는지 알 수는 없지만 두 사람은 자신들을 향해 달려오는 준코의 모습에서 나찰의 모습을 보았다.

그리고 두 사람은 눈앞이 번쩍 하는 느낌을 받고 정신을 잃었다.

"제압했습니다."

준코는 요시오의 명령이 떨어지기 무섭게 철원과 두만의 뒤로 빠르게 접근을 해 두 사람의 사이를 파고들며 관자놀이를 가격했다.

그곳은 극히 위험한 급소인데, 다년간 수련을 거친 준코는 양손에 힘 조절을 하며 두 사람을 가격해 기절 시킨 것이다.

자칫 잘못했다가는 두개골이 부셔지고 뇌가 크게 다쳐 위험할 수 있지만 고수의 손에서는 아무리 큰 덩치라도 쉽게 제압할 수 있었다.

준코가 철원과 두만을 제압하는 것을 지켜본 요시오는 두 사람을 심문을 하기 위해 호텔 안으로 데려갔다.

"무엇 때문에 날 미행한 것인지 심문해야 하니 끌고 와."

"하이!"

명령을 하고 안으로 들어가는 요시오를 보며 준코는 대답을 하고 고개를 숙였다.

요시오가 호텔 안으로 들어가자 준코는 품에서 휴대폰을

꺼내 호텔 지배인에게 연락을 했다.

"토모 상, 치워야 할 물건이 있으니 사람 좀 보내 주세요."

사실 이 호텔도 대구의 호텔과 마찬가지로 일본인이 사장으로 있는 그런 호텔이었다.

대한민국 곳곳에는 이처럼 한국인을 바지사장으로 앉히고 실질적으로는 일본인이 소유한 호텔이나 기업이 상당했다.

그들은 한국 내 친일인사들을 지원하고 또 한국에 파견된 내각정보국 요원들이 첩보 활동을 하는데 서포트 하는 역할을 하고 있었다.

그렇기에 지금도 일본에서 파견된 일본인으로 구성된 직원을 요청해 쓰러진 철원과 두만을 호텔 안으로 데려가는 것이다.

준코가 무술의 고수이긴 하지만 그렇다고 그것이 180㎝가 넘는 덩치를 가진 성인 남성 두 명을 들 수 있는 것은 아니었다.

잠시 뒤 준코의 연락을 받은 직원들이 나와 쓰러진 철원과 두만을 들쳐 업고 호텔 안으로 들어갔다.

그런데 이때 준코도 보지 못한 것이 있었다.

호텔에서 조금 떨어진 골목에 숨어 호텔 입구를 지켜보는 시선이 있었던 것이다.

'호…… 이것 봐라. 심심해서 나온 것인데, 뭔가가 있군!'

요시오와 준코 그리고 쓰러진 철원과 두만을 데려가는 호텔 직원들을 보던 사람의 정체는 바로 심재원이었다.

범국민 테러 대책 본부에 특임대들이 파견을 나가는 바람에 할 일이 없어 심심해졌던 심재원은 심심함을 참지 못하고 직접 나섰다가 뜻하지 않을 것을 목격하게 되었다.

이곳을 찾을 때만 해도 그저 테러범으로 의심되는 자가 고수라 생각해 심심하지 않을 것이란 생각만으로 나왔는데, 그들의 모습을 지켜보다 보니 자신이 생각지 않은 뭔가가 더 있을 것 같다는 생각이 들어 상황을 더 주시했다.

아나나 다를까? 이건 이상한 정도가 아니라 뭔가 숨겨진 내막이 있는 것 같았다.

정황상 일을 벌인 남녀는 테러범으로 보였다.

아무리 한국말을 능숙하게 하고 있지만 약간 어색하게 들려 그들이 외국인이란 것을 알 수 있었다.

그리고 자신이 찾는 사람들을 공격한 여성이 어딘가로 연락을 했는데, 호텔 직원들이 나와 쓰러진 이들을 안으로 데려갔다.

이건 상식적으로 말이 되지 않는 조치였다.

쓰러진 이들을 데려가는 모습을 보기에는 호텔 앞에 쓰러진 이들을 간호하기 위해 데려가는 모습이 아닌, 뭔가 짐짝을 가져가는 모습이었다.

그렇기에 그 모든 모습을 지켜본 재원의 판단으로는 이 호텔도 정상적인 호텔은 아니란 판단이 들었다.

"여보세요? 사장님, 심재원입니다. 여기는……."

재원은 일단 호텔 안으로 들어가기 전 조금 전까지 자신이 본 것들을 성환에게 전화를 걸어 보고를 했다.

전화를 끝낸 재원은 잡혀 간 두 사람에게 조금 미안하지만 성환의 지시가 있었기에 조금 더 자리에서 기다리기로 했다.

◈　　◈　　◈

"여깁니다."

재원은 성환이 특임대를 데려올 때까지 현장에 대기를 하고 있었다.

마음 같아서는 직접 들어가 그들을 모두 일망타진하고 싶은 마음이지만 호텔 안에 적의 상황에 대하여 알지 못하기에 성환의 지시대로 성환과 특임대를 기다린 것이다.

그렇게 기다리길 20분여가 지나자 그가 있는 골목으로 성환과 특임대의 모습이 보였다.

그런데 특임대의 모습이 달랐다.

그들은 중국에서 훈련할 때 입었던 아머슈트를 착용하고 있었던 것이다.

"벌써 완성이 된 것입니까?"

재원은 중국 실전훈련장에서 테스트 했던 프로토타입보다 더 세련된 모습의 아머슈트를 보며 물었다.

"아, 아직 더 개량할 부분이 있기는 1차로 양산한 것을 먼저 받아 왔다."

성환은 특임대들이 입고 있는 아머슈트를 보며 물어 오는 심재원에게 간단하게 설명을 해 주었다.

사실 성환이 엎어지면 코 닿는 거리에 있으면서 20분이나 걸린 이유는 바로 특임대에게 전해 줄 아머슈트 때문이었다.

전에 특임대들이 중국에서 테스트했던 프로토타입에서 제기된 문제점들을 개선하고 양산형 아머슈트 1차로 공장을 나왔다.

범국민 테러 대책 본부장으로 나가 있는 최세창 대령은 한국형 아머슈트 개발에도 관여를 하고 있었다.

아니 담당이라는 표현이 맞을 것이다.

성환이 전해 준 미국의 신형 아머슈트의 설계도를 넘겨받은 뒤부터 극비리에 개발되기 시작하는 한국형 아머슈트의 개발책임자로 그가 선정이 되었다.

아무리 그가 범국민 테러 대책 본부장으로 파견을 나갔다고 해도 권한이 이양된 것이 아니었다.

그랬기에 야외테스트에서 나타났던 문제점을 개선하고 양

산된 한국형 아머슈트가 1차 양산이 된 것이 보고가 되었다.

그런데 참으로 공교롭게도 서울 한복판에서 테러범으로 의심되는 그것도 무력이 뛰어난 이들로 의심되는 자들을 발견한 뒤 보고가 들어오자 최세창은 이것이 기회라 생각하고 성환에게 연락을 한 것이다.

양산형 아머슈트의 첫 실전 테스트를 겸해 테러범으로 의심되는 자들을 잡으라는 것이었고, 그래서 1차 양산된 아머슈트를 받아 오느라 이렇게 늦은 것이었다.

성환은 이곳에 오면서 대기하고 있던 특임대에게 아머슈트를 지급하고 또 나머지 아머슈트를 지방에 파견 나간 곳으로 보냈다.

아무튼 성환의 뒤로 양산형 아머슈트를 입고 온 특임대의 모습을 보며 심재원의 눈이 반짝였다.

"사장님, 제 것은 없습니까?"

대원들이 입은 아머슈트가 탐이 난 심재원이 성환을 보며 물었다.

그런 재원의 질문에 성환은 잠시 고개를 돌려 그의 얼굴을 보며 말했다.

"너도 저런 게 필요하냐?"

사실 성환은 아머슈트란 물건을 그리 신뢰하지 않고 있었다.

그도 아머슈트를 입어 보기는 했지만 답답하기만 하고 또 자신의 기량을 다 발휘할 수도 없어 오히려 안 입은 것만 못했다.

그렇기에 지금 아머슈트에 욕심을 내고 있는 심재원이 이해가 가지 않았다.

자신이 판단하기에 전 S1출신들에게는 아머슈트가 굳이 필요가 없었다.

오히려 아머슈트가 그들의 움직임을 제한하기 때문에 어느 정도 경지 이상인 사람에게는 굳이 아머슈트가 도움이 되지 않을 것이라 생각했다.

"뽀대 나잖습니까?"

"이 자식아 나이가 몇인데 뽀대가 뭐냐, 뽀대가."

"하하하!"

성환은 재원의 말에 어이가 없다는 듯 훈계를 하고 시선을 돌리며 말했다.

"얼마나 됐냐?"

앞뒤 말이 모두 잘린 말이었지만 못 알아들을 정도는 아니었다.

"아까 전화 드렸던 것이 20분 전쯤이니 20분 정도 되었습니다."

"그럼 그들이 어떤 상태인지 알 만하군."

성환은 철원과 두만이 호텔 안으로 끌려간 지 20분이나 되었다는 재원의 말에 재원과 특임대들에게 지시를 내렸다.

"지금부터 호텔 안에 있는 자들을 하나도 빼놓지 말고 모두 잡아들인다."

신속하게 지시를 내리고 호텔 안으로 들어갔다.

성환이 호텔로 뛰어가자 재원과 특임대들도 성환의 뒤를 조용히 따랐다.

이미 훈련을 하면서 각자 어떤 부분을 책임져야 하는지 훈련이 되어 있기에 뛰어가면서 각자 자신의 파트너와 열을 맞춰 달렸다.

◆　　◆　　◆

임페리얼 호텔 지하 5층, 기계실.

흐릿한 조명이 이곳이 6성급 호텔이란 것을 무색하게 공포 분위기를 조성하고 있었다.

그런데 그런 기계실 한쪽에 양손이 묶인 남자 두 명이 허공에 매달려 있다.

허공에 매달린 이들의 정체는 조금 전 호텔 입구에서 준코에게 기습을 당해 기절했던 철원과 두만이었다.

"이제 말할 생각이 들었나?"

얼마나 매질을 당했는지 철원과 두만이 걸치고 있던 옷은 이미 걸레가 되어 있었다.

그런 두 사람과 조금 떨어진 곳 의자에 앉아 있는 요시오는 차분한 얼굴로 물었다.

"무엇 때문에 날 미행한 것이지? 너희의 정체는?"

"⋯⋯."

요시오가 질문을 했지만 철원이나 두만의 입에서는 어떤 대답도 들려오지 않았다.

"역시 조센징은 이 정도론 안 되나 보군! 준코!"

요시오의 말이 있자 준코는 들고 있던 채찍을 들어 철원을 향해 휘둘렀다.

아담한 키에 귀여운 인상과는 다르게 준코의 채찍질은 무척이나 매서웠다.

휘익! 쫘!

바람을 가르는 소리가 잠시 들리더니 살을 찢는 듯한 소리가 들렸다.

"윽!"

채찍이 자신의 몸을 타격하자 철원은 이를 악물며 고통을 참았다.

그러면서 자신들을 고문하는 요시오와 준코를 원독이 가득한 눈으로 쳐다보았다.

하지만 그런 철원의 살기 가득한 눈빛에도 요시오나 준코의 표정은 변함이 없었다.

아무리 무섭게 째려봐도 눈빛만으로는 사람을 죽일 수도, 그렇다고 이 상황을 벗어날 수 없다는 것을 잘 알고 있기 때문인지 그런 철원의 눈빛에 준코는 다시 한 번 채찍을 휘둘렀다.

짝!

한동안 그렇게 준코의 채찍질이 계속되었다.

"그만! 이제 말할 때도 되지 않았나?"

준코의 채찍질을 멈춘 요시오는 다시 한 번 물었다.

하지만 이미 계속되는 채찍질에 기절한 철원에게서 어떤 말도 들리지 않았다.

"이미 기절했습니다."

자신의 채찍질에 기절한 철원의 상태를 확인한 준코가 대답을 했다.

"그래? 그럼 그 옆의 놈에게 물어보지, 어때?"

기절한 철원 대신 두만에게 시선을 돌린 요시오는 조금 전 철원에게 했던 질문을 다시 하였다.

하지만 악과 깡으로 뭉친 철원이나 두만은 이들의 고문을 두려워하지 않았다.

현대의 조폭이나 야쿠자들이 근대의 건달들처럼 의리와 명

예를 헌신짝처럼 버리고 그저 돈과 자신의 영달을 위해 변했다고 하지만, 백곰 우형준 밑에 있는 철원이나 두만은 그런 깡패들과는 확연히 달랐다.

의리와 낭만을 찾는 어찌 보면 몽상가 같은 순수한 건달이 바로 철원과 두만이다.

그러다 보니 지금 비록 자신들이 쫓던 테러범들에게 붙잡혀 고문을 당하고 있지만 자신의 조직에 관해선 일절 입을 열지 않았다.

그것이 철원이나 두만이 생각하는 건달이고 의리였다.

그런 철원과 두만의 모습에 요시오는 뭔가 생각지 못한 감동을 느끼기도 했으나 자신은 일본을 위해 목숨을 내놓은 닌자.

조국을 위해선 그 어떤 짓도 서슴지 않고 할 수 있는 것이 자신이었다.

비록 2등 국민인 조센징이지만 의기를 가지고 있는 듯 보이는 두 사람을 보며 자신과 비슷한 느낌마저 들어 어느 정도 마음이 흔들리기도 했다.

하지만 이런 곳에서 멈출 수는 없었다.

'훗, 내가 오래 조선에 있었나? 이런 생각까지 들다니…….'

요시오는 잠시 잠깐 두 사람에게 동병상련의 느낌을 받았

던 것이 자신이 한국에 오래 있었기 때문이라 생각하며 고개
를 흔들며 그런 생각을 떨쳤다.

솔직히 요시오는 현재 이들의 정체가 궁금한 것은 아니었
다.

하지만 이렇게 고문을 하며 질문을 하는 것은 아직까지 부
하들이 돌아오지 않아 불안한 마음을 이런 식으로나마 달래
는 것이었다.

아직까지 그런 자신의 심리를 알아채지 못한 요시오는 고
문을 당하면서도 자신의 질문에 대답을 않고 있는 두 사람에
게 동종의 느낌을 받은 것이라 자위했다.

"아직 고통이 약했나 보군. 준코 좀 더 힘을 줘서 맛을 보
여 줘."

"하이!"

자신의 마음을 다잡으며 아직 자신의 질문에 대답을 하지
않는 철원과 두만을 향해 선언을 하듯 말을 했다.

그런 요시오의 말에 준코는 옆에 준비된 양동이를 들어 철
원과 두만에게 물을 뿌렸다.

덜컹!

막 고문이 다시 시작되려던 때 이들이 있는 기계실의 문이
거칠게 열렸다.

◆　　◆　　◆

"아무도 빠져나가지 못하게 잡아!"

호텔 안으로 들어선 성환은 큰 소리로 자신을 따르는 재원과 특임대에게 소리쳤다.

"까악!"

갑작스런 고함 소리에 안내 데스크에 있던 호텔 여직원들이 비명을 질렀다.

임페리얼 호텔에 근무하면서 한 번도 이런 경우를 당해 본 적이 없었기에 항간에 벌어지고 있는 테러사건의 범인들이 자신들이 근무하는 호텔에 난입한 것은 아닌지 비명을 질렀다.

하지만 여직원들이 그러거나 말거나 성환이나 특임대들은 신경도 쓰지 않고 강압적인 모습으로 그들을 한쪽으로 몰았다.

호텔 로비에 있던 사람들이라고는 호텔 직원들뿐이 없었기에 금방 수습이 되었다.

로비에 있던 직원들을 한쪽으로 몰아넣고 두 명이 감시를 하고, 나머지 대원들은 각자 맡은 구역으로 뛰었다.

성환도 빠르게 움직여 지배인실이 있는 곳으로 뛰어들었다.

쿵!

성환이 거칠게 문을 열고 안으로 들어서자 방 안에서 거친 목소리가 들렸다.

"누구야!"

성환은 방 안에 한 사람이 있다는 것을 알고 그에게 뛰어가 점혈을 했다.

지배인은 한순간에 몸이 마비가 된 듯하자 깜짝 놀랐다.

"당신은 누구요? 누군데 이리 무뢰한 것이오?"

약간 겁먹은 듯한 지배인의 목소리를 들었지만 성환은 그의 목소리에서 그가 절대 겁을 먹거나 당황하지 않았다는 것을 알 수 있었다.

"무척이나 침착하군. 그냥 호텔 지배인이라고 하기에 너무도 침착해."

성환은 자신이 느낀 것을 그대로 아무런 억양도 없이 무미건조하게 말했다.

그런 성환의 말을 들은 지배인은 흠칫 놀랐다.

임페리얼 호텔의 지배인은 사실 요시오가 훈련을 받은 닌자 양성소 출신이었다.

다만 그는 훈련 과정을 이수하지 못하고 중도에 탈락하였다.

그렇지만 일단 닌자 양성소에 들어갔다는 것만 봐도 이자가 평범한 사람은 아니란 것이다.

일본 정부는 이렇게 양성소에서 탈락한 인원을 그냥 내치지 않고 2급 요원으로 받아들여 외국에 파견을 보냈다.

내각정보국이나 조사실과는 또 다른 루트로 파견된 나라의 정보를 수집하는 임무를 가진 스파이였던 것이다.

아무튼 지배인은 자신의 정체를 금방 파악한 성환의 능력에 놀라고 있었다.

"다른 말 하지 않겠다. 20분 전에 잡혀 온 이들이 어디에 있나?"

성환은 질문과 함께 지배인의 혈을 몇 군데 짚었다.

"으윽!"

성환의 가벼운 손짓에 지배인은 참을 수 없는 고통이 밀려오자 저도 모르게 신음을 흘렸다.

아무리 닌자 양성소에서 훈련을 받았다고 하지만 지금 자신의 몸에서 일어나고 있는 고통은 정말로 참을 수가 없었다.

그런데 지배인은 고통 속에서도 지금 자신의 몸에 일어나는 현상에 대하여 깜짝 놀랐다.

자신이 닌자 양성소에서 훈련을 받을 때 교관에게서 전설처럼 들었던 고문 수법에 관해 들었던 것과 비슷한 현상이기 때문이다.

당시 교관은 닌자 교육생들에게 고문을 하는 법과 고문을 이겨 내는 법을 가르치고 있었는데, 분근착골(分筋錯骨)이나 착골수혼(錯骨搜魂), 역혈폐맥(逆血閉脈)과 같은 전설과 같은 고문법에 관한 내용이었다.

고대에는 실제로 이런 고문법이 있었다고 한다.

다만 세상에 기공(氣功)이란 것들이 사라지고 또 기공을 이용한 점혈법이 사라지면서 이런 고문법도 사라졌다고 했다.

그런데 지금 자신이 그런 전설과 같은 고문 수법을 당하고 있었다.

더욱이 어떻게 했는지 너무 고통스러워 비명을 지르고 싶지만 비명이 입 밖으로 나오질 않았다.

'제길, 말을 하라면서 말을 못하게 해 놓으면 어떻게 대답을 하라는 거야!'

온몸이 뒤틀리는 고통이 밀려오지만 비명을 지를 수 없는 상황 때문에 지배인은 미칠 것만 같았다.

오십 평생 단 한 번도 경험해 보지 못한 고통을 받다 보니 돌아 버릴 지경이었다.

한편 성환은 지배인의 상태를 살피고 있었다.

처음 점혈을 했을 때는 자신의 기습에 당황해하고, 또 분근착골로 인해 고통이 시작되자 그것을 참아 보려고 용을 쓰는 모습까지 모든 것을 지켜보았다.

임페리얼 호텔 지배인은 참으로 참을성이 대단했다.

보통사람이라면 분근착골이 시작되고 단 일 분도 참을 수가 없었다.

그런데 지배인은 어떤 훈련을 받았는지 분근착골을 한 지 삼 분 동안 짧은 신음만을 흘리고 있었다.

하지만 그런 지배인도 삼 분이 넘어가자 눈빛이 죽었다.

고통에 굴복한 것이었다. 지배인이 굴복한 것을 깨달은 성환은 다시 한 번 그의 몸을 건드렸다.

쿵!

조금 전까지만 해도 온몸을 비틀며 고통스러워하던 지배인은 성환이 다시 한 번 점혈을 하자 바닥에 허물어지듯 쓰러지며 신음성을 흘렸다.

"으, 으으으……."

잠시 신음을 흘리는 지배인을 보던 성환은 다시 한 번 질문을 했다.

"어디 있나?"

"지하 4층 기계실에 있습니다."

성환은 지배인에게서 잡혀 간 백곰파 조직원의 행방을 알아내자 그의 옷깃을 잡고 밖으로 나왔다.

밖으로 나온 성환은 그를 로비 한쪽에 몰려있는 호텔 직원들 있는 곳으로 던져 넣고 그가 말한 지하 4층으로 향했다.

◈　　◈　　◈

성환은 기계실 앞에 도착을 하고 내부를 살폈다.

"아직 고통이 약했나 보군. 준코, 좀 더 힘을 줘서 맛을 보여 줘."

"하이!"

기계실 안에서 고문이 행해지고 있는 듯한 소리가 들려왔다.

덜컹!

문을 열고 들어간 성환은 자신과 가장 가까이 있던 요시오를 덮쳤다.

한편 자신들이 심문을 할 동안 아무도 이곳에 접근하지 말라 지시를 내렸는데, 기계실의 문이 열리자 인상을 쓰며 돌아서던 요시오는 자신을 향해 다가오는 성환의 모습에 앉아 있던 의자에서 몸을 틀었다.

이미 불리한 위치에 있었기에 반격을 하기에는 늦었다는 것을 알고 신속하게 피한 것이다.

하지만 요시오는 성환의 공격을 피할 수는 없었다.

비록 요시오가 닌자 무술로 단련이 된 고수라 하지만 성환의 앞에서 이미 닌자 무술은 어른 앞에서 재롱을 부리는 어린아이와 같은 몸짓이었다.

요체가 빠진 무술은 일반 무도인들에게나 통하는 것이지, 성환에게는 빈틈투성이일 뿐이었다.

사실 서양인들은 영화 닌자를 보고 닌자에 관해 환상을 가지고 있다.

하지만 닌자란 것이 정통 무사가 아닌, 첩자란 것을 생각하면 참으로 영화가 얼마나 과장되고 허무맹랑한 것인지 알 수 있다.

그리고 이 닌자란 것이 사실 고대 백제의 간자(間者)들이 일본으로 건너간 존재란 것은 아무도 모르고 있다.

백제가 일본열도에 진출을 하면서 백제 왕족의 수족들 중 무사 집단뿐 아니라 이들 간자들도 데려갔었다.

그런 간자들이 꽃을 피운 것은 일본의 전국시대였다.

왕가는 유명무실해졌고, 왕가의 가신인 간자들도 생존을 위해 유력 귀족가문에 몸을 의탁하게 되었다.

이렇게 의탁한 간자들은 '忍(참을 인)' 자를 써서 자신들이 중간에서 정보를 정탐하는 첩자가 아닌, 참을 인자를 쓰는 무도가란 존재로 부각시켰다.

하지만 이름이 바뀐다고 이들의 신분이 격상되는 것은 아니었다.

하는 일은 어차피 이전 간자라 불릴 때나 인자라 불리는 때나 같았기 때문이다.

어찌 되었든 한반도에서 전례 된 인자들은 그들이 가지고 있던 무술들을 후대에 남기고자 했지만 다른 여타의 무공처럼 이들 닌자들의 무술도 많은 부분 훼손이 되었다.

그렇지만 유일하게 온전하게 동양의 무공이 남아 있는 곳이 있었다.

그게 바로 성환이 기연을 얻은 백두산 비동인 것이다.

그러니 지금 요시오가 선보인 닌자 무술이 얼마나 그의 눈에 같잖게 보이겠는가?

몸을 트는 요시오의 곁으로 순식간에 접근한 성환은 요시오의 심장이 있는 곳을 살짝 치고 지나갔다.

그러자 심장 부위를 공격받은 요시오는 두 눈을 뜨고 그 자리에 허물어졌다.

성환은 이에 그치지 않고 철원과 두만의 앞에서 채찍을 들고 있는 준코의 앞으로 다가가 그녀의 혈도를 제압했다.

2.
일본의 의도를 알아내다

전국을 무대로 테러를 벌였던 테러범들이 하나둘 검거가 되었다는 뉴스가 나왔다.

한때 느닷없는 테러로 인해 민심이 흉흉하고 또 큰 혼란에 빠질 수도 있었지만 대한민국은 동란 이후 최대의 위기를 신속한 대처로 큰 혼란 없이 지날 수 있었다.

그런데 이번 위기를 생각보다 적은 피해로 수습을 할 수 있었던 것의 내막을 알고 보면 성환이 부산에서 야쿠자와의 싸움을 은폐하기 위해 벌였던 공작이 상당 부분 작용했다.

야쿠자와의 대규모 싸움을 은폐하기 위해 벌였던 불법단체의 독극물 테러기도 저지라는 연극을 벌인 것 때문에 사람들이 테러에 관해 경각심을 가지게 되었다.

이는 의도치 않은 효과를 가져왔는데, 정말로 한국에서 테러를 저지르기 위해 잠입했던 일본 내각조사실의 요원들을 붙잡는 성과를 냈다.

그렇게 테러범들이 시민들의 제보로 잡히다 보니 성환이 꾸민 일이 진짜로 굳어지게 되었다.

만약 이런 행운이 접치지 않았더라면 대한민국이 어떤 지경에 이르렀을지 암담했다.

그렇게 경계를 했음에도 주요 도시에 테러가 발생을 했는데, 만약 그런 우연히 겹치지 않았더라면 정말 상상하기도 무서운 일이었을 것이다.

이런 정황을 알고 있는 최세창 대령이나 몇몇 관련자들은 정말이지 상상하는 것만으로도 일본 정부의 음험함을 알 수 있었다.

한편 테러범들을 전부 잡아들였다는 소식이 최세창 대령을 통해 전국에 알려졌다.

하지만 아직까지 테러 대책 본부는 해체되지 않고 계속해서 운영이 되었다.

원칙적으로 이 범국민 테러 대책 본부는 비상상황에 임시로 운영되던 기구였기에 테러범들을 모두 소탕한 지금 당연히 해체가 되어야만 했다.

그런데 그렇지 않고 계속해서 운영을 하는 이유는 아직까지 테러를 당한 지역을 정상화 시키지 못했기 때문에 존속하게 되었다.

아니, 국민들이 아직까지 정부에서 발표한 테러진압에 대한 발표를 확신하지 못해, 존속을 하게 된 것이다.

몇몇 국회의원들이 계엄령 하의 비상시 기구인 범국민 테러 대책 본부의 존속에 관해 비평을 하고 나왔지만 오히려 그는 국민의 안정을 저해한다며 여론의 지탄을 받았다.

아무튼 이 기구가 처음 생겼을 때는 추가 테러를 막기 위해 설립이 되었지만 지금은 테러 이후 정상화시키기 위한 기구로 탈바꿈 했다.

그 때문에 한때 군인인 최세창 대령이 수장으로 있는 것에 이의를 제기하는 사람도 있긴 했으나, 그 또한 범국민 테러 대책 본부를 폐지하자고 했던 국회의원만큼 욕을 먹자 그런 주장은 쏙 들어갔다.

범국민 테러 대책 본부 본부장실.

"바쁘냐?"

최세창은 업무를 보고 있다 갑자기 들려오는 소리에 깜짝 놀랐다.

"어? 네가 여긴 어쩐 일이냐?"

자신을 부르는 소리에 고개를 돌리니 그곳에 성환이 서

있었다.

성환의 모습을 확인한 최세창은 하던 일을 멈추고 자리에서 일어나 성환을 맞았다.

"그래, 무슨 일로 또 날 찾아온 거야?"

얼마나 많은 업무에 찌든 것인지 최세창의 얼굴에는 눈에 그림자가 턱까지 내려와 있었다.

그런 최세창의 모습에 잠시 안 되었다는 생각이 든 성환은 문득 자신이 운영하는 제약사에서 생산하는 피로회복제를 선물해 줘야겠다고 생각했다.

'쯧, 고생이 많네. 약이라도 좀 챙겨 줘야 할 것 같군.'

잠시 최세창이 고생하는 것에 불쌍한 생각이 들어 그런 생각을 했던 성환은 일단 자신이 찾아온 용건을 말했다.

"일단 앉아서 이야기하자!"

"아! 그래, 내가 정신이 없다 보니 네게 앉으라는 말도 잊었군. 앉지."

"그래."

두 사람은 의자에 앉으며 이런 저런 이야기를 했다.

"차는 무엇으로 할래?"

"간단하게 커피나 마시자."

"그래."

최세창의 말에 성환은 커피를 권했다.

그리고 그런 성환의 말에 최세창도 이곳이 카페도 아니고 간단하게 커피를 먹는 것으로 통일을 하고 밖에 있는 보좌관에게 심부름을 시켰다.

띠!

"김 중사, 여기 커피 두 잔 부탁해."

―알겠습니다.

부관에게 커피 심부름을 시킨 최세창은 고개를 돌려 다시 한 번 성환이 자신을 찾아온 용건을 물었다.

"그래, 그냥 커피나 마시자고 날 찾아온 것은 아닐 것이고, 그래 무슨 일이야?"

단도직입적으로 물어 오는 최세창의 말에 성환은 지금까지 편안했던 표정을 풀고 굳은 표정으로 자신이 찾아 온 용건을 말했다.

"넌 이번 일을 어떻게 생각하냐?"

"뭐? 어떤 일을 말하는 거냐?"

"이번 일본인들의 테러 행위 말이다."

"음……."

최세창은 성환이 이번 테러에 관해 물어 오자 선뜻 대답을 하지 못했다.

일본인들로 구성된 테러범들 그리고 그중에는 웬만한 단체에서는 양성할 수도 없는 특수한 훈련을 받은 존재들도 대거

포함이 되어 있었다.

성환은 그들을 닌자들이라 했고, 세창도 자신의 인맥이 닿는 모든 것을 동원해 알아본 바에 의하면 그들이 일본이 비밀리에 양성한 특수부대란 것을 알게 되었다.

그들이 정말로 성환이 말한 그들이 맞는지는 확신하지는 못하지만 일본군이나 일본 정부에서 특별 양성한 존재란 것은 알 수 있었다.

그런 존재들이 대한민국에서 테러행위를 했다.

이것은 의미하는 바가 무척이나 심각했다.

이번 테러 행위는 현대사회에서는 용서받을 수 없는 범법 행위.

만약 이번 테러가 정말로 일본 정부에서 모의한 일이라면 전쟁까지도 불러 올 수 있는 심각한 행위다.

아무리 대한민국의 군대의 주적이 북한이라고 하고 또 21세기 들어 군사력을 팽창시키는 중국을 견제하기 위해 일본이 필요한 존재라 해도 용납이 되지 않는 일이다.

이는 그 어떤 명분을 내세우고 어떤 이익을 대한민국에 안겨 준다 해도 받아들일 수 없는 일이었기에 쉽게 대답을 할 수 없었다.

"뭐라도 나왔냐?"

선뜻 대답을 하지 못하던 최세창은 성환이 그런 질문을 하는 것에는 어떤 이유가 있을 것이란 생각에 물어본 것이다.

아니나 다를까? 성환의 입에서 생각지 못했던 대답이 들려왔다.

"그들을 고문한 결과, 그들의 소속이 우리의 우려대로 일본 정부가 맞았다."

일본 정부라는 말이 나오기 무섭게 최세창의 표정이 굳었다.

"커피 왔습니다."

성환과 최세창의 표정이 심각하게 굳어 있을 때, 세창의 부관이 안으로 들어오며 커피를 탁자에 내려놓았다.

하지만 두 사람은 심각한 표정으로 커피에는 시선도 주지 않았다.

분위기가 이상하자 세창의 부관은 얼른 고개를 숙이고 방을 나왔다.

부관이 나가거나 말거나 최세창의 표정이 풀릴 기미가 보이지 않았다.

한참 그렇게 두 사람이 아무 소리 없이 시간을 죽이다, 세창이 먼저 입을 열었다.

"네 생각은 어떻게 했으면 좋겠냐?"

군인인 자신이 생각하기에 머릿속에는 전쟁이라는 단어밖에 떠오르지 않았기에 선뜻 대답을 하지 못하고 말을 꺼낸 성환의 생각을 물어보았다.

그렇지만 성환도 쉽게 말을 할 수는 없었다.

현대의 전쟁은 쉽게 생각할 수 있는 문제가 아니었다.

많은 것을 고려하고 또 심사숙고해야만 할 수 있는 행위
다.

전쟁이란 행위가 고대의 그것처럼 활과 화살 그리고 창과
칼로 이루어지는 것도 아니고 근대의 전쟁처럼 총과 포로 행
해지는 단순한 국지전이 아니었다.

지하벙커에서 버튼 하나만 누르면 되는 그런 전쟁이었다.

하지만 결과는 아주 달랐다.

근대에도 총과 대포로 전투를 하여 수십만 명이 사망을 하
고 또 수백만 명이 씻을 수 없는 부상의 후유증을 안고 살아
가야 했지만, 현대의 전쟁에서는 그런 것이 없었다.

수백, 수천 발의 각종 미사일이 날아가 상대 진영을 공격
한다.

이때 미사일의 타깃은 딱히 없었다.

군사적 목표가 될 수도 있고, 또 그것이 아니라면 민간인
거주 지역이 될 수도 있었다.

목적에 의해 상대국의 기를 꺾기 위해서라면 양민학살도
고려치 않고 행해졌다.

전쟁을 하면서도 민간인에 대한 학살을 하지 말자고 협정

을 맺은 제네바 협정은 이미 휴지조각이 된 지 오래다.

아니, 이 조약도 국가 간 힘의 논리 앞에서는 무용지물이었다.

힘 있는 국가가 행위를 했을 경우에는 상대국의 군대가 민간인을 방패로 사용했다는 이유를 들어, 오히려 피해국에 혐의를 씌웠다.

이렇듯 만약 한국과 일본이 전쟁을 한다고 하면 고려해야할 것들이 무척이나 많았다.

특히 북한을 생각하지 않을 수 없었다.

한때 통일 직전까지 가며 화해와 평화 분위기가 조성되었던 때도 있었다.

하지만 북한의 끊임없는 핵개발과 서울 불바다 도발을 들으며 한국과 북한의 관계는 서서히 냉각이 되었다.

이제는 같은 동포가 아닌 정말로 군에서 말하는 것처럼 주적이 되어 갔다.

하지만 북한이 염려된다고 해서 이대로 당하고만 있을 수는 없었다.

한국인들의 피 속에는 구한말 일본에 당했던 억울함과 일제 35년 동안 식민통치를 받으며 쌓인 한(恨)이 고스란히 녹아 있다.

이번 테러로 그 울분이 폭발 직전까지 이르고 있으며, 일부에서는 일본과 전쟁을 해야 한다는 주장까지 나오고 있었다.

그렇다고 정말로 전쟁 밖에 해결책이 없는가? 하는 주장도 있기는 하다.

지금도 국회에서는 여야를 막론하고 첨예하게 이 문제로 충돌을 하고 있다.

일부에서는 아직 전쟁 이야기는 시기상조이고 테러의 수습이 먼저라는 주장도 있지만 그런 주장은 정말로 소수의 의견일 뿐이다.

아무튼 성환은 세창의 질문에 잠시 눈을 감고 생각을 했다.

정말로 이 문제로 세창을 찾아오는 내내 고민을 해 보았다.

자신이라면 어떻게 할 것인지, 그리고 전쟁을 한다면 어떻게 할 것이고, 그게 아니라면 또 어떤 식으로 일본에 자신들이 당한 것 이상으로 보복을 할 것인지, 이런저런 경우에 관해 고민을 했다.

하지만 쉽게 결론을 내릴 수가 없었다.

만약 국민들이 생각하는 대로 일본과 전쟁을 한다고 치면 테러로 인해 발생한 희생 이상으로 피해자가 발생할 것이다.

일본이 80년대 후반 들어 경제성장이 버블경제가 무너져 힘든 시기를 겪었다고 하지만 그들이 고도성장을 하면서 쌓아 놓은 부는 어마어마했다.

평화헌법 내에서도 그들은 자위대의 군사장비 현대화에 한국보다 배는 더 투자를 했으며, 평화헌법을 개정해 자위대가 군대로 승격이 되면서 선제타격무기를 갖지 않는다는 평화헌법 조항도 사라졌다.

예전 자위대는 그래도 선제타격 할 무기가 없었다.

그들이 가진 첨단 무기는 방어를 위한 무기뿐이었다.

그런데 그런 조항이 사라지면서 그동안 쌓아 두었던 자금으로 막대한 무기들을 사들였다.

군인들의 숫자도 한국군에 못지않게 양적으로도 늘었다.

그러니 일본과 전쟁은 한국으로서도 쉽지 않았다.

물론 일본과 전쟁을 한다고 해서 한국이 패할 것이란 생각은 하지 않았다.

만약 전쟁을 하게 된다면 자신이나 자신이 군대에 있을 때 양성했던 특수부대가 일본 내륙으로 먼저 침투해 일본의 기간 시설을 파괴할 것이다.

일본이 비록 첨단 무기로 무장을 하고 있지만 그들의 훈련 정도는 한국군에 미치지 못한다.

일본은 평화헌법을 고치고 군으로 승격된 지 몇 년 되지 않았고, 또 그 이전 자위대 시절에도 그들의 훈련 정도는 참으로 봐 주기 힘들 정도였다.

그에 비해 한국군은 북한이란 주적이 있었고, 또 아직 북한과 전쟁을 잠시 쉬는 기간이라 언제 어느 때건 전쟁수행을 할 수 있게 준비가 되어 있었다.

그렇기에 훈련이나 정신무장에 있어서 일본군과는 비교도 되지 않을 정도로 우수하다.

하지만 성환이 진정으로 걱정하는 것은 일본이 보유한 막대한 양의 선제타격무기 즉, 대지 공격 무기들이었다.

그 무기들은 이미 한국의 주요 시설에 타격을 할 수 있게 좌표가 입력이 되어 있을 것이다.

이번에 붙잡은 테러범들을 심문을 하면서 성환은 일본의 많은 준비들을 알 수 있었다.

◈　　◈　　◈

최세창 대령은 성환에게서 테러범들을 심문한 결과를 듣고 심각한 표정이 되어 바로 청와대에 보고를 했다.

원칙대로라면 군인인 그의 보고 대상은 정보사령부 사령관이거나 육군참모총장이 되어야 하지만, 범국민 테러 대책 본부라는 기구가 임시이기는 하지만 대통령 직속 기관이었다.

그러하기에 현재로써는 대통령에게 보고를 하는 것이

맞았다.

"충성!"

"그래 중요한 보고가 있다고요?"

"그렇습니다. 각하!"

테러로 인해 바쁜 것은 비상 기구긴 범국민 테러 대책 본부만이 아니라 이 나라를 이끌어 가는 청와대 또한 마찬가지였다.

그런 비상시국에 테러 대책 본부의 수장이 와서 긴급하게 보고할 것이 있다고 하자 하던 일을 중단하고 면담을 수락한 대통령이었다.

"무슨 일인지 말해 보세요."

"예, 일단 이것을 먼저……."

최세창 대령은 성환에게서 넘겨받은 테러범들을 심문할 때 녹취한 녹음 파일과 서면 자료를 대통령 비서실장에게 넘겼다.

최세창 대령이 넘겨주는 자료를 받은 비서실장은 그것을 다시 대통령에게 넘겼다.

"이것이 뭡니까?"

대통령은 최세창 대령이 넘긴 서류를 읽으며 물었다.

그런 대통령의 질문에 최세창 대령은 성환이 한 이야기를 그대로 말을 하였다.

"그 자료는 이번 테러범을 붙잡는 데 적극 협조를 해 주었던 KSS경호의 정성환 사장이 테러범들을 심문한 내용과 녹취록입니다."

"녹취록이요? 그런데 이번 테러범들을 잡는 데 협조를 했다고 하지만, 경찰이나 검찰도 아닌 경호업체의 사장이 범인들을 취조했다는 것이 무슨 말이죠?"

대통령은 테러범들을 심문했다는 말을 들으며 서류를 살피던 중 경우에 맞지 않는 내용이 있어 물었다.

비록 KSS경호라는 곳의 도움을 받아 테러범들을 소탕했다고 하지만 그들의 취조하는 것은 치안을 담당하는 경찰이나 검찰이 해야 할 일이었다.

그런데 공권력과는 아무런 상관도 없는 민간단체에서 테러범들을 취조했다는 것이 상식적으로 이해가 가지 않았기 때문이다.

그 때문에 대통령은 무엇 때문에 민간단체인 경호업체의 사장이 심문을 한 것인지 이유를 물었다.

"그건 저희가 테러범들을 다룰 수 없었기 때문에 그들을 통제할 수 있는 KSS경호에 의뢰를 했기 때문입니다."

"그건 또 무슨 소립니까? 대한민국 경찰이 범인을 통제하지 못한다니, 그게 말이 되는 소립니까?"

언제나 차분한 얼굴에 아버지 같은 미소를 머금고 있는 대통령이지만 공권력을 무시하는 듯한 최세창 대령의 말에 호통을 쳤다.

하지만 그런 대통령의 호통에도 최세창 대령은 눈도 깜짝하지 않고 화를 내고 있는 대통령을 직시하며 말을 했다.

"이번에 잡힌 테러범들은 단순한 범죄자들이 아닙니다."

"단순하지 않다니요?"

"예, 그 보고서에도 나와 있지만 이번에 붙잡힌 테러범들은 단순히 우리나라에 불만이 있는 집단이 벌인 테러가 아닌, 전문적인 훈련을 받은 요원들입니다."

"아니, 그게 정말입니까?"

대통령은 최세창 대령의 보고에 깜짝 놀랐다.

"그 말이 사실입니까?"

"예, 저들은 일본 정부에서 파견한 요인들로 총리직속 내각조사실 요원은 물론이고 극비에 쌓인 내각정보국 내에서도 특수부대인 닌자 부대의 수장과 부하들이라 합니다."

대통령은 최세창의 말에 너무 놀라 입을 담을 수가 없었다.

한 국가의 수장이다 보니 주변국의 정보에 관해 많은 것을 들을 수 있었다.

그중에는 대통령이 되기 전에는 알지 못하던 비밀 집단도 있는데, 그중 한곳이 한국과 동맹이면서도 독도를 둘러싸고 대립을 하고 있는 일본에 관한 것이다.

일본 내에서도 잘 알려지지 않은 비밀집단이 있는데, 그곳이 바로 내각정보국이라는 곳이다.

미국의 NSA(국가안전보장국)이나 NSI(국가안보연구소) 같은 역할을 하는 곳이다.

내각조사실이 자국의 산업을 보호하려는 목적으로 외국의 산업 정보를 주요 타깃으로 한다면, 내각정보국은 한국의 국정원 1과나 미국의 CIA처럼 국가안보에 관한 주변국의 정보를 취득 및 요인 암살 등을 전담하는 곳이다.

일본은 이런 내각정보국이 있다는 사실을 부인하지만, 세계 정상들은 그런 일본의 발표를 믿지 않았다.

일본과 첨예한 대립을 하는 나라의 요인들이 원인을 알 수 없는 죽음을 맞았기 때문이다.

특히 2000년 초반 페루에서 있었던 페루 총리일가의 피살 사건은 아주 유명했다.

당시 페루 정부는 한때 페루 대통령이었던 후지모리 요시히로 전 페루 대통령의 재임기간 중 비 인륜적인 납치와 고문, 그리고 학살 등의 혐의로 일본에 있던 그를 소환하려고 했다.

하지만 일본 정부는 후지모리의 소환을 거부했다.

분명 페루에 이민을 가면서 일본 국적을 포기하고 페루 국적을 취득했던 후지모리이기에 일본 정부는 페루 정부의 소환 요구를 들어줘야만 했다.

그런데 일본 정부는 그런 페루 정부의 요청을 거부했을 뿐만 아니라 후지모리의 죄목을 이유 없음이라 주장하였다.

뿐만 아니라 자국민도 아닌 그를 일본인이라 주장하기까지 했다.

사실 일본 정부가 그런 억지를 쓴 이유가 나중에 밝혀졌는데, 그건 후지모리가 페루의 대통령이었을 당시 일본에 헐값으로 넘긴 광산 때문이었다.

후지모리 전 페루 대통령은 자신이 재임기간 중 인디오들이 소유하고 있던 지역에 관한 광산개발권을 일본 기업에 헐값으로 넘겼다.

그 과정에서 인디오들은 삶의 터전을 잃었을 뿐 아니라 정부에 항의하던 인디오들은 비밀경찰에 끌려가 고문을 받아 대부분 사망을 했다.

하지만 영원할 것 같던 후지모리의 시대는 과도한 공포 정치에 불안을 느낀 민중봉기로 인해 끝나고 말았다.

그러면서 후지모리의 재임기간 중 벌였던 각종 불법이 세상에 알려지면서 그는 페루에 남지 않고 자신의 안전을 위해 모국인 일본으로 도피를 한 것이다.

그리고 일본 정부도 후지모리에게 그가 재임기간 중 일본에 주었던 혜택이 있었기에 국교를 맺었던 페루 정부의 요구를 거부했다.

만약 페루 정부의 요구를 들어주었다가는 후지모리 재임기간 중 받았던 혜택을 다시 원위치 해야만 하기 때문이다.

그러면서 일본 정부는 페루 정부와 맺었던 국교를 철회하며 자국민인 후지모리를 음해하려는 이들을 방관하지 않겠다는 경고까지 했었다.

그 뒤로 페루 정부의 요인들이 원인을 알 수 없는 사고를 당하고 또 페루 총리일가가 휴가지에서 잔인하게 살해된 사건이 발생했다.

이런 일이 벌어질 때 어떤 범죄 단체도 자신들이 그런 일을 했다고 발표한 이들이 없었다.

그리고 어디에서 흘러나온 소문인지는 모르지만 닌자들을 봤다는 소문이 페루에 퍼졌다.

이런 소문이 퍼지면서 세계 각국은 닌자라는 말에 반신반의를 했지만 미국이나 몇몇 선진국은 일본에 그런 단체가 있을 것이라는 것을 진즉부터 알고 있었다는 듯 그와 비슷한 언급을 했었다.

대통령도 미국 시찰 도중 미국 국무장관과 면담 중에 그와 비슷한 이야기를 들어 국정원에 일본의 비밀세력에 관해 조사를 지시한 적이 있었다.

하지만 국정원에서는 일본 내에 알 수 없는 세력이 있는 것 같다는 보고만 들어왔다.

즉 실체를 밝혀내는 것에는 실패를 했지만 그런 단체가 있을 수 있다는 보고를 받으면서 뒷목이 서늘했던 적이 있었다.

그런데 이번 테러범들이 바로 그자들이었다는 말에 대통령은 자신도 모르게 오한이 들었다.

"그게 사실인가?"

"그렇습니다."

"어떻게 그런 일이……."

대통령은 믿고 싶지 않았다. 동맹인 일본이 비록 지금은 독도 문제로 대립을 하고 있지만 그래도 동맹인데 이런 일을 벌일 줄은 상상도 못했다.

그러면서 한편으로는 아직까지도 일본을 옹호하려는 듯한 국회의원들이 생각나 이가 갈렸다.

테러 대책 본부에서 잡아들인 일본인들이 사실은 테러범이 아니라 한국을 관광을 온 관광객이며, 무고한 그들을 잡아들인 것 때문에 일본과 척을 질 수 있다는 주장을 하며 그들을 석방해야 한다고 난리를 피우고 있었다.

이는 한국의 국회의원인지 일본의 국회의원인지 알 수 없는 이들의 주장이었다.

정말이지 같은 당 의원만 아니라면 모두 짤라 버리고 싶은 심정이었다.

그런데 그런 이들의 주장과 다르게 정말로 그들이 일본 정부가 숨겨 둔 히든카드였다는 말에 화가 나면서 어떻게 하면 이 억울한 심정을 보상받을 수 있을지 생각을 했다.

분명 일본은 자신들이 저지른 짓을 승복하지 않을 것이 분명했다.

그렇다고 이대로 피해를 입고 그냥 있을 수도 없었다.

그런 생각으로 심사숙고하고 있는 대통령의 모습을 말없이 지켜보던 최세창은 눈을 반짝였다.

예전 대통령들은 일본과 어떻게 하면 좋은 관계를 유지할 것인지만 고민을 했었다.

그랬기에 일본이 독도에 관한 도발을 해도, 또 역사를 왜곡하거나 2차 대전 당시 벌였던 비인간적인 잔혹 행위나 위안부 할머니들에 관한 사실을 부정할 때도 정부나 대통령은 유감이라는 말만을 할 뿐, 그에 대한 대책을 세우지 않았다.

그런데 이번 대통령은 다른 반응을 보이고 있는 모습을 지켜본 최세창은 뭔가 일이 있을 것만 같았다.

자신의 동기인 성환도 언뜻 비슷한 말을 비추고 가긴 했지만 정말로 그가 하려는 일을 대통령이 허가를 한다면 정말 좋겠다는 생각을 했다.

"이번 일만 마무리되면, 애들 데리고 일본 좀 갔다 올 생각이다."

"어쩌려고?"

"우리가 언제까지 이렇게 당하고만 있어야 하냐?"

"그렇다고 일본에 똑같이 할 수는 없잖아!"

"왜 그러면 안 될 일이라도 있어?"

"헐! 너, 정말 일본에 테러라도 할 생각으로 그러는 것이냐?"

"못할 것도 없지, 난 이렇게 생각한다. 무조건 참는 것이 능사는 아니라고 말이다."

자신을 보며 일본에 똑같이 보복을 할 것이란 말을 하던 성환의 차가운 눈이 생각이 났다.

사실 당시 말은 안 했지만 성환이 그런 말을 했을 때 속으로 시원한 생각도 들었다.

하지만 정말로 그렇게 했다가는 한국과 일본은 전쟁뿐이 답이 없었다.

한국과 일본의 전쟁이라고 하면 일반인들이라면 한국이 일본에 질 것이라고 생각할 것이다.

겉으로 보기에 그게 맞을 수도 있었다.

왜냐하면 현대 각국의 전투력을 측정하는 기준이 공군과

해군의 전력을 보기 때문이다.

육군 전력이야 한국이 비교가 되지 않을 정도로 우수하다.

하지만 일본과 전쟁을 할 때 육군 전력은 없는 것이나 다름이 없었다.

두 나라가 육지로 연결이 된 것이 아니라 중간에 바다로 가로막혀 있기 때문에 육군이 나서려면 한국이 일본 본토에 상륙을 하거나 아니면 일본이 한국에 상륙을 한 뒤에나 가능하기 때문이다.

그러면 두 나라가 전쟁을 하면 가장 먼저 공군 전력이 부딪칠 것이다.

그런데 이때 한국은 일본에 비해 공군 전력에서 상당히 뒤쳐져 있었다.

한국이나 일본이나 공군의 전투기들은 모두 미국제 전투기들로써 F—35와 F—15다.

F—15들 중 한국은 최종 버전에 가까운 F—15K이고 일본은 초기 기종인 F—15J라는 것이 다르다.

하지만 객관적으로 F—15K나 F—15J나 공중전 성능은 비슷하다.

그렇다면 숫자에서 불리한 한국 공군이 일본 공군에 밀린다.

뿐만 아니라 해군도 마찬가지.

해군의 전력은 총 배수량으로 가늠할 수 있는데, 일본과 한국 해군의 장비들도 비슷한 성능을 가지고 있지만 총 배수량에서 일본 해군의 절반에도 미치지 못하고 있어 이도 일본에 밀린다.

이렇게 따진다면 전쟁을 하면 한국이 절대적으로 불리하다.

하지만 이때 생각해야 할 것이 있었다.

그건 바로 한국에는 세계에서도 열 손가락 안에 들어가는 최정예 특수부대가 있다는 것이다.

한국은 북한의 20만이 넘어가는 특수부대를 상대하기 위해 특수부대를 양성하고 있다.

이들의 능력은 세계적으로 손꼽히는 영국의 SAS나 미국의 델타포스나 네이비씰에 비교해도 뒤지지 않는 능력을 가지고 있다.

그렇기에 만약 한국과 일본이 전쟁을 하게 된다면 그 결과는 아무도 알 수 없었다.

객관적인 전력은 한국이 약간 밀리지만 비정규전을 치른다면 한국이 월등히 우세하기 때문이다.

최세창은 전쟁은 안 된다는 생각을 하면서도 자신의 동기인 정성환이라면 어떻게 될 것도 같았다.

성환이 자신을 만나 했던 이야기를 곱씹어 보면 조만간 일본에 건너가 한국이 당한 것 이상으로 보복을 한다고 했다.

그건 누가 막는다고 안할 위인이 아니기에 분명 벌어질 일이다.

"그런데 그 KSS경호의 정성환 사장이란 사람과는 어떤 관계인가?"

성환이 했던 이야기를 생각하고 있던 최세창은 느닷없는 대통령의 말에 깜작 놀랐다.

"네, 네? 정성환 사장 말씀이십니까?"

"그 사람이 어떤 능력을 가지고 있기에 일본의 요원들을 잡아들이고 또 어떻게 그들을 심문했기에 이런 비밀들을 알 수 있는지 만나 보고 싶군요."

대통령도 정보를 다루는 요원들이 어떻게 고문이나 약물을 이용한 심문을 피하는지 들어 알고 있다.

대통령이란 직업은 알게 모르게 들어오는 정보가 많아 자세한 방법은 모르지만 그런 것이 있다는 것을 알고 있었다.

그러니 정보요원들이 고문을 피하는 방법을 넘어서 어떻게 했기에 이런 자세한 내용을 알 수 있는지 알고 싶어졌고 또 이런 것을 가능하게 한 정성환이란 사람을 만나고 싶어졌다.

"정성환 사장이라면 제 군대 동기입니다. 최연소 대령 진급자였고, 2003년 북한 핵시설 타격 작전에서 유일하게 귀환자이며, 또 대한민국 국군역사상 최고의 특수부대원이기도 했습니다."

장황한 최세창 대령의 설명을 들으면 들을수록 대통령과 그 옆에 있던 비서실장의 눈이 점점 커졌다.

한 사람이 가지기에 너무도 많은 수식어들이 붙어 있었기 때문이다.

압권은 그가 전역하기 전 미군에 교관으로 파견되어 협상을 벌여 생각지도 못한 이득을 한국군에 안겨 주었다는 것이었다.

뿐만 아니라 몇 달 전 미국에서 벌어졌던 이슈를 안겼던 테러사건을 해결한 사람도 그와 그가 설립한 KSS경호의 경호원들이라는 말에 경악을 금치 못했다.

"그렇군! 그런 인물이 한국에 있었군!"

이야기를 들으면 들을수록 정성환이란 인물에 매료되는 것을 느끼며 어서 빨리 그를 만나고 싶어졌다.

"비서실장! 내 일정이 어떻게 되나?"

"예, 오늘 일정은 저녁 7시에 경제계 인사들과 저녁 만찬을 함께하기로 되어 있습니다."

성환과 만나고 싶은 생각에 비서실장에게 자신의 일정에 관해 물어보았지만 오늘은 시간이 되지 않았다.

오늘 저녁에 만날 경제인들과의 저녁 약속은 뒤로 미룰 수 없는 아주 중요한 일이었다.

그들을 만나려는 것은 이번 테러로 인해 파괴된 시설들을 복구하기 위해선 많은 예산이 들어간다.

하지만 정부 예산에는 여유가 없었다.

그렇기에 경제인들의 도움을 받아야만 했다.

◈　　◈　　◈

요시오는 현재 자신이 처한 상황을 이해할 수가 없었다.

분명 자신은 한국인에게 잡혀 왔다.

자신을 잡아 온 한국인은 자신과 자신의 부하들이 한국에서 테러를 저지른 것을 모두 알고 있다.

그렇지만 모든 사실을 알고 있으면서도 처음 심문을 할 때를 제외하고는 별다른 신체적 위해를 가하지 않고 방치하고 있다.

그렇기에 요시오는 자신을 붙잡은 한국인의 의도를 알지 못해 여간 신경이 쓰였다.

그리고 그가 심문을 할 당시 자신에게 들려주었던 말이 아직도 귓가를 떠나지 않고 계속해서 울리고 있었다.

한국인의 허풍이라고, 과대망상증에 걸린 정신병자의 헛소리로 치부하기에는 그가 자신을 제압했을 때의 그 이해할 수 없는 기이한 능력을 잊을 수가 없었다.

◈　　◈　　◈

정신을 차린 요시오는 얼른 자리에서 일어나 주변을 살폈
다.

최대한 몸을 웅크린 상태에서 주변을 경계하는 이 동작은
젊은 시절 닌자 양성소에서 처음으로 야외 생존 훈련을 할
때 몸으로 익힌 생존 기술이었다.

당시 생존 훈련은 말이 훈련이지 삶과의 전투였다.

그저 혹독한 자연에 칼 한 자루 들고 한 달간 생존을 하는
훈련이었다.

이런 훈련은 요시오가 자위대에 지원을 했을 때 이미 경험
한 바가 있어 별로 힘들다고 생각지 않았었다.

하지만 그런 생각이 바뀌는 것은 그리 오래 걸리지도 않았
다.

일반 특수부대의 생존 훈련과 다르다는 것을 깨닫기까지
얼마 걸리지 않았는데, 그건 그냥 단순히 극한 상황에서 생
존하는 것이 목적이 아니라, 자신을 포함한 같은 닌자 수련
생 그리고 교관들의 공격도 피해서 훈련 기간 동안 살아남아
야만 했다.

특히나 동기들을 한 명씩 제거할 때마다 주어지는 생존 물

품이나, 교관의 기습을 막았을 때에 지급되는 물품이 있었기에 당시 훈련에 참여한 요시오와 함께 훈련을 했던 닌자 수련생들은 상대하기 힘든 교관 보다는 비슷한 실력의 동기들을 노렸다.

그래야 주어지는 생존 물품이 좀 더 생길 뿐만 아니라 자신이 제압한 동기의 생존물품까지 차지할 수 있었기 때문이다.

그리고 당시 생존훈련에서 최후의 일인으로 살아남았기에 현제 닌자대의 수장인 대좌의 자리에까지 이른 것이다.

사실 요시오의 나이에 대좌라는 계급을 달기에는 이런 특수한 과정이 있었기에 가능한 계급이었다.

한국군의 계급으로는 요시오의 계급은 대령, 즉, 연대 규모의 군부대를 지휘할 수 있는 정도의 계급인 것이다.

더욱이 요시오는 총리직속의 특수부서인 내각정보국 산하 특무조직.

그렇기에 일번 전투부대의 계급과는 상당한 차이가 있는 것으로 일반 부대의 대령이 아니라 기무사령부의 대령처럼 특수한 계급인 것이다.

한국군 조례에 보면 기무사령부의 대령은 일선부대 장군급으로 쳐서 대우를 해 준다.

그만큼 직할 부대의 장교는 그만한 권한과 권위를 인정해 준다는 말이 된다.

아무튼 그런 힘든 훈련을 통과하고 또 닌자라는 이름에 맞게 요시오와 그의 부하들이 하는 일은 참으로 많았다.

첩보 수집은 기본이고 필요에 따라 적성국 또는 일본에 해가 되는 단체나 요인들을 납치, 암살을 하기도 하고, 때로는 적대세력을 괴멸시키기까지 했다.

이대 요시오의 부대원들은 수단과 방법을 가리지 않고 목적을 이루었다.

이런저런 생각을 정리한 요시오는 지금 상황이 이해가 가진 않지만 일단 주변에 자신을 위협할 만한 것을 발견하지 못한 그는 자세를 풀고 천천히 주변을 다시 한 번 살피기 시작했다.

'준코는 어디에 있을까?'

주변을 살피던 요시오는 자신의 부관이자 자신과 함께 붙잡힌 준코의 행방이 궁금해졌다.

이렇게 요시오가 주변을 살피고 또 자신의 상황을 점검하고 있을 때, 문이 열리며 누군가 들어왔다.

덜컹!

문이 열리는 소리에 요시오는 소리가 나는 방향으로 시선을 주었다.

요시오의 눈에 들어온 사람의 정체는 바로 자신을 잡은 그 남자였다.

"앉아."

성환은 들어오자마자 자신을 경계하고 있는 요시오를 보며 말을 했다.

그런 성환의 말에 인상을 굳히며 성환이 가리킨 의자에 가 앉았다.

여기서 성환의 말이 거슬린다고 반행을 해 봐야 자신에게 좋을 것이 없다는 것을 잘 알기 때문이다.

어떻게든 몸을 보존해야 기회가 있을 때 탈출을 할 것이 아닌가?

괜히 자존심을 세우기 위해 반항을 하다 고문이라도 당한 다면 탈출의 기회마저 사라진다는 생각에 순순히 성환의 지 시에 따랐다.

그런 요시오의 태도에 성환은 눈을 반짝이며 말을 했다.

"판단이 빠르군. 그렇게 내가 하는 말에 순순히 따른다면 너도 편하고 나도 편할 것이다. 하지만 그렇지 않다면 상상 도 못한 고문을 견식하게 될 거다."

성환은 요시오에게 경고를 하고 테이블 위해 녹음기를 켜 고 질문을 하기 시작했다.

"이름."

성환의 질문이 시작되고 그런 성환의 질문에 요시오는 간단하게 답변을 했다.

하지만 요시오가 고문을 피하기 위해 대답을 하는 것은 아니었다.

그저 알려 줘도 별다른 비밀이 아닌 것에 관해서만 대답을 했다.

"소속."

"……."

"네가 대답을 하지 않는다고 해서 알아낼 방법이 없다고 생각하면 오산이다. 조금 전에도 말했다시피 대답을 들을 방법은 많다. 이번은 처음이니 기회를 주기로 하지, 소속."

성환은 요시오에게 기회를 주며 다시 한 번 그의 소속을 물었다.

사실 성환이 요시오의 소속을 모르는 것은 아니었다.

중국에서 이들이 중국 정보 요원인 장강 18호와 미국의 신형 아머슈트의 설계도를 놓고 싸움을 벌일 때 이미 요시오의 정체를 들었다.

그러니 지금 요시오의 소속을 물어보는 것은 그냥 순서에 입각해 물어보는 요식 행위였다.

그런데 그런 것도 모르고 자신의 소속을 말했다가는 자신이 일본 정부에 의해 파견된 공작 요원이란 것이 밝혀지는 것을 저어해 입을 다물고 있었다.

"내 경고가 우습게 들렸나 보군."

성환은 말과 함께 허공에 대고 손을 흔들었다.

"억!"

성환이 손을 흔들자 요시오는 짧은 비명을 질렀다.

무언가 보이지 않는 것이 자신의 몸 이곳저곳을 찔렀기 때문이다.

그리고 조금 뒤 몸이 마비가 되는 듯 몸을 움직일 수 없었다.

뿐만 아니라 찔린 곳에서 작은 반응이 일어나기 시작했다.

처음에는 무언가 간지러운 것이 벌레가 꿈틀꿈틀 거리는 것도 같았는데, 그 기운이 시간이 갈수록 자극이 심해지기 시작해 지금에 이르러선 송곳으로 신체 곳곳을 찌르는 것만 같은 고통이 몰려왔다.

"아악!"

자신도 모르게 비명을 지르던 요시오는 자신이 비명을 지른다는 것에 깜작 놀랐다.

'제길!'

하지만 고통은 점점 심해져 갔기에 요시오는 금방 그런 생각은 뒤로하고 연신 비명을 질렀다.

그리고 그의 머릿속에는 어서 빨리 고통에서 벗어나고 싶은 생각만이 가득했다.

"네가 닌자이니 들어는 봤을 것이다. 분근착골이라는 고문법에 관해서 말이다."

'분근착골?'

성환은 학생에게 설명을 하듯 분근착골에 관해 설명을 들려주었다.

그런 성환의 설명에 요시오는 고통 속에서도 경악을 했다.

이미 사라진 고문법인 분근착골을 알고 있는, 아니, 알고 있는 정도가 아니라 실행을 할 수 있는 사람이 있다는 것에 경악했다.

'어떻게 이게 가능한 것이지? 정말로 내공이란 것을 수련할 수 있다는 말인가?'

분군착골이란 고문법을 실행하기 위해선 2갑자의 내공이 필요하다고 했다.

물론 그런 말을 요시오에게 해 주었던 닌자 교관은 현 시대에 2갑자에 이르는 내공을 가진 존재가 있을 경우에 한해서란 단서를 붙이며 들려주었다.

그런데 지금 요시오를 놀라게 하는 건 성환이 내공을 가지고 있다는 것도 자신에게 분근착골이란 전설의 고문법을 행하는 사실도 아니었다.

지금 고문을 하고 있는 존재가 한국인이란 사실이었다.

사실 중국이나 일본에는 간간히 기인이사들이 나왔다.

현 일본에도 내공을 가지고 있는 무사가 있다고 TV에 소개가 된 적이 있었다.

당시 그 일본 무사는 검도 명인으로 2m 떨어진 곳에 창호지로 만든 창문에 흔적을 남겼다.

도저히 검이 닿지 않는 거리에 떨어진 창문에 흔적을 남긴 게 바로 내공이 있기 때문이라 했다. 눈에 보이지는 않지만 검날에 검기를 실어 날렸다는 것이다.

그리고 요시오도 그 검도 명인을 직접 만났던 적도 있었다.

확실히 그의 몸에서 발산되는 기세는 자못 날카로웠다.

그런데 지금 아무런 위압감도 기세도 느껴지지 않는 성환이 예순을 넘은 검도 명인보다도 많은 내공을 가지고 있을 것이라고는 상상도 못했다.

그렇기에 지금 요시오는 공항 상태에 빠지고 말았다.

'괴물!'

요시오의 머릿속에는 온통 괴물이라는 단어 하나뿐이었다.

3.
철면피

테러범들에 대한 심문은 단시일에 끝낼 일이 아니었다.

KSS경호의 특임대들이 잡아들인 테러범들의 숫자가 많은 것도 많은 것이지만, 그들의 신상 파악은 물론이고 그들의 임무에 관한 것을 조사하는 것도 많은 시간이 필요했다.

사실 이렇게 시간을 많이 잡아먹은 것은 전적으로 50명에 달하는 닌자들 때문이었다.

내각조사실 소속의 테러범들은 그나마 조사를 하는 것이 수월하였지만, 내각정보국 소속의 닌자들은 그렇지 못했다.

성환이 아니면 이름은 물론이고, 신상에 관한 어떤 정보도 말을 하지 않았기 때문이었다.

자백제도 그들에게는 소용이 없었다.

어떤 훈련을 받았는지 닌자들은 자신의 정신을 통제할 정도로 정신력이 뛰어나 자백제가 듣지 않았다.

하지만 성환이 나서면 마치 그동안 자신의 비밀을 알려 주고 싶었다는 듯 자신이 태어난 년도에서부터 그동안 자신이 살아온 모든 내용을 진술했다.

이 때문에 이들을 조사하던 고재환이나 심재원 전무를 허탈하게 만들기까지 했다.

사실 고재환 심재원 두 전무도 전직 S1이란 특수부대 출신이다.

S1은 한국의 국군정보사령부에서 야심차게 준비하던 차세대 특수부대. 이들의 임무도 사실 일본 내각정보국의 닌자들과 별반 다르지 않았다.

닌자들과 다른 점은 S1은 성환이 백두산에서 얻은 기연을 그대로 전수받았다는 점이 다를 뿐이다.

즉, 닌자들은 많은 부분이 소실된 닌자 무술을 수련했지만, S1부대원들은 완벽한 고대의 무공을 수련하였다.

거기에 성환이 제조한 내공 증진 효과가 있는 약까지 복용을 했기에, 사실 숫자에서 네 배나 차이 나지만 닌자들은 결코 S1부대원들을 이길 수 없었다.

그 증거가 바로 이들이 잡혀 온 것으로 증명이 되었다.

아무튼 비슷한 계통이란 것을 알고, 비슷한 훈련을 했기에 고재환이나 심재원은 이들을 심문할 때 자신들이 정보사령부에서 배웠던 모든 것을 활용해 심문을 했다.

그랬기에 내각조사실 요원들이 순순히 자신들이 알고 있는 비밀들을 토설을 하였다.

하지만 닌자들은 두 사람의 심문이나 고문도 이겨 내며 버텼다.

그랬기에 닌자들의 심문은 할 수 없이 사장인 성환이 직접 하게 되었다.

"또 보는군."

성환은 심문을 하기 위해 방 안으로 들어가며 요시오를 보며 그렇게 말을 걸었다.

이미 세 차례나 그를 심문했다.

성환이 이렇게 많이 심문을 하게 된 것은 그의 부하들을 심문할 때마다 새로운 관심거리가 생겼기 때문이다.

"난 이미 내가 알고 있는 것은 모두 말했는데."

요시오는 더 이상 성환의 얼굴을 보고 싶지 않았다.

그를 만날 때마다 뼈가 갈리는 듯한 극심한 고통을 느껴야 했으며, 또 한편으로는 그런 고통에 져 비밀을 말을 했다는 자괴감에 빠져야 했다.

이런 이유 때문에 요시오는 더 이상 성환을 만나는 것이

꺼려졌다.

하지만 한쪽은 비밀을 지키려는 자이고, 또 한쪽은 자신의 궁금증을 해결하려는 사람이었다.

두 사람의 생각이 상충하기에 어느 한쪽이 양보를 해야 했고, 언제나 두 집단이 이견을 냈을 때 약한 쪽이 숙이게 되어 있었다.

그리고 요시오와 성환 중 약자는 요시오였다.

아무리 그가 일본의 최고 엘리트 전투 집단인 닌자대의 수장이라고 해도 성환에게 제압되어 붙잡힌 포로에 지나지 않았다.

더욱이 그는 한국에서 테러를 저지른 테러범들의 수장의 입장으로 붙잡혔다.

국제법상 테러범은 현장에서 사형을 시켜도 무방했다.

하지만 성환이나 최세창은 이들에게 알아낼 것이 있어 지금가지 살려 두며 심문을 하는 중이다.

"뭐 나도 당신을 또 보고 싶은 생각은 없었는데, 당신 부하들을 심문하다 보니 새로운 것이 나와서 말이지."

"음……."

요시오는 성환의 이야기를 들으며 신음을 흘렸다.

부하들이 성환의 심문을 참지 못해 또 어떤 이야기를 한 것 같아 절로 눈살이 찌푸려졌다.

하지만 그것도 잠시 곧 표정을 풀고 말았다.

'하긴, 나도 이자의 고문을 참지 못해 비밀을 말했는데, 그들이라고 다를 것이 없지.'

자신도 성환의 고문 수법을 견디지 못하고 모든 비밀을 말했다.

그런데 자신의 부하들이라고 비밀을 지킬 수 있을 것이란 생각을 하지 않았다.

"이번에는 또 어떤 것이 알고 싶다는 말이지?"

자포자기가 된 요시오는 성환이 궁금해 하는 것을 물었다.

그런 요시오의 태도에 성환은 빙그레 미소를 지으며 말을 했다.

"이젠 편해서 좋군."

벌써 네 번째 심문이 되다 보니 요시오도 이젠 더 이상 버텨 봐야 성환 앞에서는 비밀을 지킬 수 없다는 생각이 뼛속 깊이 박혔다.

그러다 보니 어차피 말을 할 것이라면 고통을 받을 필요가 없이 알려 주는 게 그나마 성환의 얼굴을 조금이라도 덜 본다는 생각에 체념을 하고 있는 것이다.

"새로 들어온 정보에 의하면 일본이 비밀리에 인체 실험을 하고 있다고 하던데."

"헉!"

요시오는 성환이 인체 실험이란 말을 하자마자 신음을 흘렸다.

다른 어느 것도 아니고 인체 실험을 했다는 것은 극비 중의 극비였다.

만약 이 사실이 다른 나라에 알려지게 된다면 일본은 국제적 비난은 물론이고, 어쩌면 외교적으로 고립이 되고 말 것이다.

이미 과거에 그 전력이 있었기에 인체 실험은 일본에게 원죄와 같은 범죄였다.

일본은 주변국이 그렇게 떠들어 대도 2차 대전 당시 인체 실험은 전혀 없었다고 주장을 했었다.

하지만 이것이 거짓이란 것은 누구나 알고 있는 사실이다.

아니, 정작 일본 국민만 모르고 있고, 일부 알고 있는 일본인이라 해도 자신들의 치부이기에 애써 외면을 하고 모른 척 할 뿐이다.

그런데 20세기 초도 아니고, 21세기인 지금에 인체 실험을 한다는 것은 용납이 되지 않는 일이었다.

그건 아무리 일본인이라 해도 분명 용납하지 않을 것이다.

지금까지 일본 정부는 일본 국민에게 그런 일은 절대로 없었다, 라고 교육을 했고, 역사 교과서에도 그렇게 기술하도록 출판사에 압력을 넣었다.

한데 과거 제국 시대도 아니고 현대에 자국인을 상대로 인체실험을 한 사실이 알려진다면 정부의 도덕성이 무너지는 일이다.

그렇기에 요시오도 그런 사실을 알고 있으면서도 애써 그런 사실을 외면했다.

피해자들이 일본인이기는 하지만 불촉천민인 부라쿠와 부라쿠의 가족들이기 때문이다.

이미 방사능에 피폭이 되어 돌연변이가 된 이들이기에 치료를 한다는 명목으로 실험을 하였다.

물론 그런 목적이 아주 없는 것은 아니지만, 실질적 목적은 치료가 아닌 부라쿠들의 비상식적인 괴력을 어떻게 하면 인위적으로 발생시켜 이용할 수 있는가? 하는 것이 주목적이다.

더욱이 뭉뚱그려 부라쿠라고 부르지만, 부라쿠들 중에는 괴력을 발휘하는 자부터, 힘은 보통사람보다 조금 더 우위에 있지만 스피드가 발 빠른 동물에 버금가는 이도 있었다.

뿐만 아니라 맹금류의 새처럼 멀리 보는 것은 물론이고, 몇 km 떨어진 곳의 작은 소리도 감청할 수 있는 자까지 다양한 능력을 가지고 있는 자들이 많았다.

만약 이런 능력들을 인위적으로 양성할 수 있다면 현대에는 아주 큰 무기가 될 수 있었다.

막말로 감청 능력만 해도 그렇다.

현대 사회는 정보가 힘이다,

손자병법에도 나와 있듯, 지피지기(知彼知己) 백전불태(百戰不殆)라 했다.

나를 알고 상대를 알면 백 번 싸워도 위태롭지 않다는 말이다.

고대에도 그랬고 현대에도 그렇듯 정보는 최고의 무기이다.

과거 2차 대전에서 일본에 패할 수밖에 없었던 원인도 적국인 미국을 잘 알지 못했기 때문이다.

일본 자신들의 역량을 알기에 전쟁 초기 미국의 태평양 함대의 사령부가 있는 진주만을 기습 공격을 해 우위를 점할 수 있었다.

하지만 일본은 미국의 경제력과 생산 능력을 알지 못했다.

일본이 진주만을 기습하기 전까지만 해도 미국은 고립주의를 표방하며 전쟁에 적극적인 행동을 취하지 않았다.

하지만 일본이 진주만을 급습해 공격을 하자 미국은 2차 대전에 참전을 하게 되었다.

그 뒤로 일본은 쏟아지는 미국의 물량을 감당하지 못하고 항복을 하고 말았다.

이런 전철을 다시 밟지 않기 위해 일본 정부는 총리 산하 내각조사실을 전후 신설해 적극 활용했다.

그래서 고도의 경제성장을 하며 잿더미 위에 마천루를 세웠다.

하지만 이런 성공이 오히려 일본에 독이 되고 말았다.

재건을 위해 주변을 돌아보지 않고 다른 나라의 연구 실적을 빼돌리면서 고도성장을 했던 일본은 또다시 과거의 잘못을 저질렀다.

버블경제의 정점에 있을 때 일본인들은 승전국인 미국의 땅과 대표 기업들을 무분별하게 사들이기 시작했다.

더 이상 자신들을 따라잡을 나라가 없다는 자만심에 빠진 일본은 기술 개발에 투자를 하기보단 투기에 눈을 돌린 것이다.

그 결과로 성장은 멈추고 하나둘 후발주자인 한국에 그리고 동남아 국가들에 따라잡히고 말았다.

이것이 버블경제의 붕괴의 시발점이 되었다.

일본은 이런 자신들의 실수를 다른 곳에서 원인을 찾았다.

그것이 한국이 되었고, 자신들의 잘못으로 붕괴된 일본 경제의 위기를 한국이 마치 자신들을 음모에 빠뜨린 것처럼 호도하며 테러를 계획한 것이다.

겉으로는 동맹이라는 허울을 뒤집어쓰고 뒤로는 호시탐탐 침략을 준비한 것이나 마찬가지다.

방사능에 피폭된 자국인을 차별하며 그들을 보호해야 할 약자가 아니라 불촉천민이라 차별을 두며 사회와 격리를 시켰다.

자신들의 계획을 위해 일반인과 격리하여 국민들이 자신들이 하려는 짓을 알지 못하게 만드는 한편 과거의 범죄를 다시 저지른 것이다.

초기 후쿠시마의 원자로가 폭발하고 방사능이 유출이 되었을 당시만 해도 일본 정부는 피폭 지역은 얼마 되지 않고 안전하다 했다.

하지만 정부의 발표와 달리 후쿠시마와 100㎞나 떨어진 곳에서도 방사능이 측정이 되고 또 돌연변이가 탄생하면서 정부의 발표는 정반대로 달라졌다.

이전 자신들이 발표했던 내용에 대한 반성도 없이 이번에는 방사능 오염이 무척이나 위험하니 오염 지역에 접근하지 말라는 발표를 했다.

이 때문에 잠시 혼란이 있긴 했지만 일본인들은 정부의 발표를 믿었는지 아무런 저항을 하지 않았다.

이런 일본의 국민성을 알기에 일본의 정치인들은 이런 일본의 국민성을 적극 이용하기에 이르렀다.

요시오는 이런 사실을 알기에 지금 성환이 인체 실험이란 말을 꺼내자마자 놀란 것이다.

"일본 정부는 인간이기를 포기한 것인가?"

"아, 아니다."

"아니라면 그 증거를 보여 봐라! 피폭을 당한 자국민도 실험 대상으로 삼고 또 동맹인 대한민국에는 테러를 자행했다! 이것이 정상적인 국가이고 올바른 위정자가 할 일인가?"

좀처럼 흥분을 하지 않는 성환이지만 일본 정부의 위정자들을 생각하니 정말로 화가 났다.

마음 같아서는 직접 일본에 건너가 모조리 청소를 해 버리고 싶었다.

하지만 아무리 자신에게 초인적인 힘이 있다고 하지만 그럴 수는 없었다.

그들이 아무런 반성도 없는 상태에서 처단을 한다면 그건 아무것도 아닌 것이다.

그저 일본의 정치인 한 명을 죽인 것 그 이상도 이하도 아니다.

그렇다고 그들을 이대로 놔둘 생각은 절대 없었다.

기회가 된다면 정말로 자신이 한 짓들을 후회하며 살도록 만들어 줄 생각이다.

그러기 위해선 일단 확인이 필요했다.

이번에 잡힌 닌자들 속에서 일본 정부가 인체 실험을 하고 있다는 것을 알고 있는 이는 몇 없었다.

아무래도 같은 정보국 소속에, 또 특수부대인 닌자라 해도 직급에 따라 혹은 원래 맡던 업무에 따라 그런 정보를 취득한 이도 있고 아예 모르고 있는 이도 있었다.

그렇지만 이들 닌자들의 수장인 요시오만은 모든 것을 알고 있는 듯했다.

자신이 잠깐 인체 실험에 관해 언급을 한 것만으로 반응을 보인 것만 봐도 알 수 있었다.

"과거의 잘못을 반성하지 못하고, 그 죄악을 다시 되풀이하려는 것인가?"

"그건 우리 일본의 문제일 뿐이오."

"훗! 그게 일본의 문제이니 한국은 상관하지 마라?"

"그렇소!"

"그럼 너희는 너희 잘못으로 일본 경제가 늪으로 빠친 것을 왜! 무엇 때문에 우리 한국의 책임이라 떠드는 것인가? 무엇 때문에 내 나라에서 테러를 자행한 것인가?"

성환은 자신들의 잘못을 인정하지 않고 뻔뻔스럽게 인체 실험이 일본 자국의 내정문제이니 관여하지 말라는 요시오의 답변에 어이가 없었다.

어떻게 그게 일본만의 문제가 될 수 있다는 말인가?

하도 기가 막힌 성환은 일본의 넷우익이나 일본 언론들이 떠드는 것처럼 일본 경제가 살기 위해 한국이 망해야 한다는 주장을 하는 것이나, 그 일을 하기 위해 한국에 침투해 테러를 행한 일에 관해 역으로 물었다.

왜 일본에서 벌어진 일에 관해 원인을 밖에서 찾는 것인지 물었다.

하지만 이 질문에 요시오도 선뜻 대답을 하지 못했다.

처음 자신이 말한 것처럼 일본 내 피폭이 된 사람들을 연구하는 것에 대하여 내정으로 몰아간 것처럼 일본의 경제침체에 관해서 그럼 일본인 본인들 내부에서 찾아야 한다.

그런데 그건 한국에 짐을 넘기면서 어떻게 인간의 존엄을 무시하는 실험은 내정이라 포장을 하는 것인지…….

성환의 마음 같아선 눈앞에 앉아 있는 요시오에게 똑같이 인체 실험을 해 주고 싶었다.

"동물보호다 해서 인류에 도움이 되는 신약 개발을 할 때 행하는 동물 실험도 조심스럽게 행하는 것이 국제 관례다. 그런데 너희 일본은 국제법으로 금지하고 있는 인체 실험을 하고도 어떻게 그런 말을 할 수가 있지? 정말로 이 문제를 UN에 안건으로 제시를 해야겠군!"

정말이지 피하고 싶은 말을 성환에게서 듣게 되자 요시오의 얼굴이 무척이나 창백해졌다.

성환이 일본의 인체 실험에 관한 진실에 관해 요시오 대좌를 몰아붙이고 있지만 사실 성환이 일본이 인체 실험을 하고 있다는 증거를 가지고 있는 것은 아니었다.

다만 심문을 하던 닌자들 속에서 인체실험에 관한 이야기를 듣게 되어 이것을 확인하는 차원에서 요시오를 찾은 것이다.

그리고 지금 요시오의 반응에서 성환은 자신의 목적을 모두 이루었다.

그저 하는 말이 하도 기가 막혀 위협을 하기 위해 UN을 언급하긴 했지만 이것도 좋을 것 같았다.

다만 그러기 위해선 일단 일본이 방사능 피폭을 당한 피해자들을 대상으로 인체 실험을 하고 있다는 증거를 확보해야만 했다.

이런 생각을 하니 이래저래 한번 일본을 다녀와야 할 것 같았다.

부산연합과 일본의 지옥카이와의 문제도 마무리 지어야 할 것이고, 또 그 문제로 붙잡은 부라쿠들도 언제까지 자신이 데리고 있을 수만은 없었다.

참으로 그들은 한국으로써도 애물단지나 마찬가지였다.

부라쿠들이 생활을 하는 것에는 문제가 없다고 하지만 그들이 숨 쉬는 것이나 그들이 땀을 흘리는 모든 것에는 방사능이 검출이 된다.

그 때문에 그들은 인적이 드문 곳에 격리 수용되어 있어 하루라도 빨리 일본으로 돌려보내야만 했다.

◆　　◆　　◆

"일찍 나왔네."

"어차피 내가 할 일이 뭐 있겠냐. 이제는 너가 할 일만 남아 있지."

성남 인근의 조용한 가든.

이미 가든 전체를 예약한 상태라 가든 안에는 다른 손님은 없었다.

"그래 오늘은 또 무슨 일로 날 보자고 한 거냐?"

"일단 저녁이라도 먹고 이야기하자."

성환은 뭐가 그리 바쁜지 본론을 꺼내는 세창을 말을 돌렸다.

그런 성환의 모습에 세창은 잠시 자신의 동기인 성환을 쳐다보았다.

원래라면 둘의 대화 내용이 반대가 되었을 것이다.

성환이 본론을 꺼내면 자신이 조금 여유를 가지고 느긋하게 이야기를 꺼내는 스타일이었다.

그런데 지금은 그와 반대로 자신이 만나자고 한 이유를 물어보았지만, 들려온 대답은 저녁이나 먹고 이야기 하자는 엉

뚱한 대답이었다.

평소 이런 모습을 본 적이 없었기에 세창은 멍한 얼굴로 잠시 성환을 보다 자신도 모르게 미소를 지었다.

"그래, 일단 밥부터 먹고 이야기하자."

두 사람은 앞에 놓인 상차림을 보며 젓가락을 움직였다.

두 사람이 있는 식당 주변에는 상당한 사람들이 포진해 있었지만 아무런 기척도 없었다.

성환은 성환대로, 그리고 세창은 세창대로 이제는 어느 정도 사회적 위치가 있기에 경호원들이 따랐다.

물론 성환에게 따로 경호원이 필요한 것은 아니지만 오늘 세창을 만나 하려는 이야기를 누군가 들어선 안 되기에 주변에 KSS경호의 특임대를 상당수 대동하고 나와 주변을 경계하게 하였다.

그리고 세창도 현재 범국민 테러 대책 본부의 본부장이란 직위에 있기에 국내에서 대통령 다음으로 중요한 위치에 있어 상당수의 경호원들을 대동하고 이곳에 와 대기를 하고 있었다.

그러다 보니 성남에 위치한 평범한 가든이 청와대 못지않는 아니, 그 이상으로 철저히 보호되고 있었다.

불판에 잘 구워진 등심이며, 차돌박이 등으로 어느 정도 식사를 마친 성환과 세창은 본격적으로 이야기를 하기 시작했다.

"그래, 이제 어느 정도 배도 채웠으니 본론으로 들어가서, 무엇 때문에 이곳까지 오라고 한 거냐?"

세창은 테러범들을 다 잡아들였다고 해서 일이 끝난 것이 아니기에 요즘도 과중한 업무에 시달리고 있었다.

오늘만 해도 테러로 피해를 입은 지역의 복구 대책을 위해 각 기업들은 물론이고, 시민단체들과 장시간 미팅을 하여 무척이나 피곤한 상태다.

시민단체는 보다 많은 복구 비용을 얻어 신속하게 테러 이전의 상태로 돌아가길 원하지만, 기업은 또 안 그랬다.

물론 복구가 하루빨리 진행이 된다면 좋은 일이다.

국민들이 테러로 인해 소비 심리가 위축이 된 것이 해소가 될 것이니 말이다.

하지만 피해 복구를 위해 자신들이 부담해야 할 복구 비용이 불만이었다.

대한민국은 무슨 큰일만 나면 자신들에게 후원금이란 명목으로 돈을 뜯어 가기 때문에 될 수 있으면 최대한 적게 내려고 안간힘을 썼다.

세창은 이런 기업인들의 마음을 이해하면서도 한편으로는 기업인들의 이런 이기적인 생각에 분노를 하기도 한다.

사실 그동안 그들의 기업이 크기까지 대한민국의 국민들이 희생한 것이 얼마나 되는데, 기업인들은 그것을 인정하지 않았다.

마치 자신들이 잘해서 기업이 이만큼 성장을 했고, 국가의 경쟁력이 이만큼 신장되었다고 생각을 하고 있었다.

하지만 이런 성장을 엄밀히 들여다보면 그동안 그들이 누렸던 특혜를 짚고 넘어가야만 한다.

막말로 기업이 사용하는 전기료만 해도 그렇다.

일반인들은 가정용이라 해서 같은 전기를 사용하는 기업보다 상당한 불이익을 당하고 있다.

기업은 산업용 전기라 해서 상당히 저렴한 금액으로 공장을 돌리고 있다.

이것만 해도 막대한 특혜를 입고 있는 것이다.

하지만 기업은 그런 것은 생각지 않고 그저 자신들의 수중에서 생각지 않은 돈이 나간다 생각하며 이를 억울해하고, 또 이를 빌미로 또 다른 특혜를 받기를 원했다.

이런 이들을 중간에서 교통정리를 하려니 최세창으로써도 머리가 아픈 것이 사실이었다.

"일은 잘 진행되고 있냐?"

"무슨 일?"

"무슨 일은, 우리가 하는 일이야 빤한 것 아니냐."

"지금 그런 것 할 정신이나 있냐?! 이번 테러 복구를 위해 정신이 없는데."

최세창 대령은 성환의 질문에 현재 테러 복구를 위해 모든 계획이 스톱이라는 것을 간접적으로 표했다.

그런 세창의 말에 성환이 대답을 했다.

"꼭 그 일을 따로 떼어 놓고 할 필요가 있을까?"

"그건 또 무슨 말인데?"

성환의 말이 좀 이상하자 세창은 얼른 그 진의를 물었다.

테러복구와 자신들이 하려는 일과 어떻게 연계를 한다는 것인지 알 수가 없었기 때문이다.

평소라면 성환이 이런 이야기를 꺼내기 전에 미리 이중삼중으로 계획을 세워 깔끔하게 일을 처리했을 것이지만, 요즘 테러복구 문제로 다른 생각을 할 여력이 없었다.

그 때문에 세창은 자신의 능력을 너무도 잘 알기에 이미 뭔가 계획을 세우고 왔을 성환에게 물어본 것이다.

"뭐 별거 있나, 네가 밀고 있는 그들을 이번 테러복구에 적극 활용하는 방법뿐이지."

"뭐?"

"우리가 하려는 일이 성공을 하려면 많은 사람들의 힘이 필요하다. 그중에는 국회의원들의 힘도 필요하고 말이다."

국회의원이란 말에 세창은 머리를 둔기로 한 대 얻어맞은 듯한 느낌을 받았다.

'아! 내가 왜 그 생각을 못했지!'

이슈가 되는 곳에 여론이 있고, 여론이 모이는 곳에 언제나 국회의원들이 있었다.

국회의원들이 이슈가 되는 장소에 찾아가는 것은 모두 국민들에게 자신의 이름을 알리기 위해서다.

막말로 정치인들은 신문에 자신의 부고 소식만 아니면 굿 뉴스, 베드 뉴스건 상관없이 좋아한다고 한다.

어찌 되었건 국민들에게 언급이 된다는 것은 선거 때 도움이 되기 때문이다.

그런데 자신이 속한 집단의 정치인들을 이번 테러 복구 사업을 하면서 앞세운다면 앞으로의 일에도 많은 도움이 될 것이 분명했다.

성환의 이야기를 듣고 생각한 세창은 빠르게 머리를 굴리기 시작했다.

어떻게 자신들에 속한 이들을 언론에 노출을 시킬 것인지 이런 저런 구상을 하며 눈을 반짝였다.

이때 성환은 넌지시 일본에 관해 이야기를 꺼냈다.

"그런데 최 대령. 아무래도 내가 일본에 좀 다녀와야 할 것 같아."

생각을 정리하던 최세창은 성환이 일본에 간다고 하자 놀란 눈으로 그를 쳐다보며 물었다.

"응, 그건 또 무슨 소리야? 뭐 때문에 이런 시점에서 일본에 가려고?"

최세창으로서는 참으로 황당한 말이었다.

국내에 벌어지고 있는 일도 다 수습이 안 된 상태에서 자신과 손을 잡은 성환이 해외에 나간다고 하니 조금은 불안한 생각이 든 때문이다.

성환에게서 더 이상의 테러범들은 없을 것이란 말을 듣긴 했지만, 자라 보고 놀란 가슴 솥뚜껑 보고 놀란다고 했다.

만약 이런 상황에서 또 다른 테러가 발생을 한다면 대한민국은 침체 일로에 빠질 것이다.

지금까지 어려운 시기를 참고 어려운 상황에서 희망을 놓지 않고 협동을 하며 지금에 이르렀다.

그런데 이런 때에 또 다른 테러는 겨우 희망을 가지고 절망 속에서 일어서고 있는 한국인들에게 보이지 않는 늪으로 빠뜨리는 행위가 될 것이다.

이런 생각에 만일의 사태에 보험을 든 것처럼 성환을 의지하고 있는데, 이때 성환이 한국이 아닌 일본에 있다고 한다면 신속하게 상황을 대처하지 못할 것이 분명했다.

그러니 세창의 입장에선 성환이 일본에 가는 것이 썩 달갑지 않았다.

물론 성환을 강제할 수는 없는 일이었다.

성환도 뭔가 필요에 의해 그런 판단을 한 것이기 때문이라 생각하니 참으로 난감했다.

"무엇 때문에 일본에 가려는 거냐? 지금 대한민국이 어떤 상황인지 너도 잘 알지 않나? 그런데도 가야만 하냐?"

세창은 될 수 있으면 성환이 한국에 남아 힘든 경우 자신을 도와주었으면 하는 바람이었다.

하지만 성환도 이번 일본행을 멈출 수 없었다.

세창이 어떤 심정으로 자신의 일본행을 막는 것인지 잘 알고 있지만 적은 내부에서 막는 것이 아니라 외부 즉 그들의 마당에서 처리해야 지저분해지지 않는다.

"일본이 지금 심각한 일을 저지르고 있다. 만약 이게 성공을 한다면 우리 한국뿐 아니라 인류가 큰 위험에 처할 것이다."

성환은 자신을 만류하는 세창을 설득하기 위해 테러범들을 심문하면서 알게 된 정보를 일부 들려주었다.

한참 성환의 이야기를 들은 세창은 눈이 커졌다.

정말로 그로서는 상상도 하지 못했던 엄청난 이야기를 듣게 되었다.

"그럼 그 돌연변이들과 같은 이들을 인위적으로 만들기 위해 연구를 하고 있다고?"

"맞아. 일본 정부의 지원으로 후쿠시마와 가까운 군마현에 비밀 실험장을 갖춰 놓고 연구를 하고 있다고 한다."

성환의 확신에 가까운 말에 세창은 할 말을 잃었다.

정말이지 대책이 안 서는 족속들이었다.

어떻게 인간의 존엄을 무시하고 그런 짓을 저지를 수 있는 것인지 참으로 알 수가 없었다.

"그럼 그 일을 조사하기 위해 일본에 가는 것이냐?"

"응, 그것도 있고, 또 다른 볼일도 있어서."

"다른 볼일?"

세창은 성환의 말에 고개를 갸웃거렸다.

인체 실험 말고 성환이 직접 챙겨야 할 일이 일본에 또 어떤 일이 있는지 아무리 생각을 해 봐도 답이 보이지 않았다.

"무슨 일인데?"

답을 알 수 없자 단도직입적으로 물었다.

그런 세창의 물음에 성환은 별거 아니란 듯 들려주었다.

"일본에 가는 김에 야쿠자들도 손을 봐야 할 것 같아서."

"야쿠자!"

"그래."

"야쿠자는 무엇 하려고?"

"네가 알고 있는지 모르겠지만 한국에 야쿠자들의 음성적인 돈이 상당히 들어와 있고, 그것이 돈세탁을 거쳐 일본으로 들어간다는 것을 알고 있냐?"

"음, 나도 듣기는 했지. 야쿠자들이 벌어들인 돈을 한국에 들여와 대부업을 한다고 들었다. 그런데 그게 어째서?"

세창이 어느 정도 알고 있는 것 같아서 이야기가 길어지지는 않을 것 같았다.

"너도 내가 부산에서 어떤 일로 내려가 야쿠자들을 처리했고, 그 과정에서 네 도움을 받기도 했으니 잘 알 거라 생각한다."

"맞아! 부산에 들어온 야쿠자 자금을 동결했다고 했지."

"그래, 이번에 일본에 들어가 야쿠자들을 한국의 조폭들처럼 내 밑으로 포섭을 하든 해야겠다."

세창은 성환의 말에 경악을 했다.

현재 한국의 밤 세계는 성환이 통제를 하고 있다는 것을 잘 알고 있다.

겉으로야 각 지역 연합이란 단체로 뭉쳐 있는 것처럼 보이지만 그것도 성환이 통제하기 편하기 위해 그리 조치를 했다는 것도 잘 알고 있다.

그 모든 것이 성환과 같이 추진하는 삼청 프로젝트의 일환이었으니 잘 알고 있었다.

군대를 전역한 지 몇 년이나 지나지 않은 상태에서 이룩한 성과를 보면 세창도 고개를 흔들 정도다.

도저히 믿을 수 없는 결과를 보여 주고 있지만, 일본의 야쿠자는 또 다른 문제였다.

분명 성환이 능력이 있는 것은 잘 알고 있다.

하지만 일본인도 아닌 성환이 어떻게 야쿠자들을 한국의 조폭처럼 통제를 할 것인지 알 수가 없었다.

"일본인인 그들이 네 말을 들을까?"

"듣게 만들어야지. 막말로 그들은 야쿠자라고 불린다. 전혀 필요가 없다는 소리지. 그러니 말을 듣지 않는다면 우리에게 필요가 없는 존재일 뿐이야."

필요가 없다는 말을 할 때 성환의 표정은 그 어느 때보다 차가운 얼굴이라 세창도 진저리를 쳤다.

"무섭다. 표정 풀어라."

"세창아."

"왜?"

"내가 지금 이렇게 담담하게 말을 하니 화가 나지 않은 것처럼 보이냐?"

"무슨……."

"이번 일본인들이 저지른 짓을 난 도저히 용서할 생각이 없다. 그런데 왜 화를 내지 않느냐면……."

"왜 화를 안 내는데?"

"만약 내가 이성을 놓고 감성이 시키는 대로 행동을 했다가는 도저히 인간으로 남을 자신이 없기 때문이다."

성환의 이야기를 모두 들은 세창은 조금 전 보다 더 싸늘한 공포를 느꼈다.

자신이 동기인 성환의 능력을 다 알고 있는 것은 아니지만 성환이 이성을 잃고 날뛰고 난 뒤의 상황을 생각해 보았다.

'언빌리버블!'

도저히 상상하고 싶은 것이 세창의 머릿속에 펼쳐졌다.

성환은 감히 인간이라고 믿기 힘들 정도로 이미 인간의 한계를 벗어나 있었다.

한국군도 생산해 보급되고 있는 최신형 아머슈트를 입은 특수부대가 있다고 해도 분노한 성환을 막을 수 있을 것이란 생각이 들지 않았다.

그런 성환이 일본을 상대로 지금 분노하고 있는 것이다.

"그럼 어느 선까지 할 거냐?"

"그건…… 일단 일본에 들어간 뒤 결정할 거다. 다만 이것만은 확실하게 알려 주지."

"어떤?"

"현 일본의 지도부는 선을 넘었다."

마치 선언이라도 하듯 성환은 일본의 현 지도부에 관해선 용서를 하지 않겠다는 말을 한 것이다.

그런 성환의 말에 세창은 많은 것을 생각했다.

성환이 한 말처럼 일본의 현 지도부가 사라졌을 때, 대한민국에 어떤 영향을 줄 것인지 고민을 한 것이다.

사실 세창이 이런 고민을 할 필요는 없다.

이런 고민은 사실 대한민국의 정치인들이나 대통령이 고민해야 할 문제였지, 군인인 최세창이 고민할 문제는 아니었다.

하지만 그렇다고 성환에게 이런 말을 들은 지금 생각하지 않을 수 없었다.

대한민국 군인이기에 주변국의 변화에 신경을 쓰는 것은 당연한 일이다.

◆　　◆　　◆

청와대, 대한민국 대통령이 임기기간 업무를 보고 생활을 하는 곳이다.

그렇기에 이곳은 언제나 숙연한 분위기 속에 있는 곳이기도 했다.

그런데 지금 청와대 한곳에서 큰소리가 오가고 있었다.

전혀 큰소리와 어울리지 않는 곳이지만 오늘만은 예외였다.

"이보시오, 미우라 대사! 지금 발뺌을 하는 것이오?"

"총리님! 발뺌을 하는 것이 아니라 저희 일본과 테러범들은 전혀 상관이 없습니다."

박성환 총리는 오늘 주한 일본대사가 청와대에서 대통령과 면담을 한다는 소식을 듣고 청와대에 들어왔다.

그리고 그가 어떤 말을 하는지 지켜보다 열불이 터져 실례라는 것도 잊고 대통령 앞에서 고함을 지른 것이다.

이번 대한민국을 강타한 테러 사건은 결코 그냥 넘어갈 문제가 아니었다.

대한민국에 벌어진 테러는 그냥 단순한 테러가 아니라 준전쟁에 상응하는 그런 행위였다.

이 때문에 테러범들의 정체가 일본인이란 것이 알려지면서 대한민국의 여론은 일본과 국교를 철회하고 전쟁을 해야 한다는 목소리가 거셌다.

뿐만 아니라 일부 과격 시민단체에서는 주일대사관에 화염병을 던지는 등 과격 행동까지 보이고 있었다.

지금 미우라 대사가 청와대를 찾아와 대통령과 면담을 하는 이유도 바로 이런 과격 시민단체의 행동에 대한 항의를 하기 위해서였다.

이런 내막을 들은 박성환 총리가 적반하장격인 미우라 대사에 고함을 친 것이다.

하지만 미우라 대사는 흥분한 박성환 총리를 놀리기라도 하듯 얄밉게 한국에서 벌어진 테러 행위에 관해선 유감이란 말을 하면서도 테러범들의 정체에 관해선 모르겠다, 그런 사람은 없다, 라는 말을 하고 있다.

"흥, 그렇게 발뺌을 한다고 진실이 가려질 것이라고 보시오? 이미 테러범들을 모두 붙잡아 들었을 뿐 아니라 그들에게서 이번 테러가 일본 정부의 계획이란 증거까지 확보한 상태요."

박성환 총리는 너무 흥분한 나머지 아직 언론에 발표하지 않은 내용을 그만 미우라 대사에게 떠들고 말았다.

한편 박성환 총리의 말을 들은 미우라 대사는 속으로 뜨끔한 표정이 되었다.

하지만 애써 그런 표정을 지우고 증거를 가지고 있다는 박성환 총리에게 큰소리를 쳤다.

"아니, 우리 일본과 테러가 무슨 연관이 있다고 자꾸 그러는 것입니까? 그리고 증거가 있으면 어디 내놔 보십시오."

뭐 낀 놈이 성낸다고 미우라 대사의 그런 발언은 딱 그 모습이었다.

"총리님, 대통령님이 자리한 곳입니다. 자제해 주시기 바랍니다."

하도 흥분해 큰소리를 지르는 박성환 총리의 모습에 보다 못한 대통령 비서실장이 박성환 총리가 다시 뭔가 한 소리 하려는 것을 막아섰다.

비서실장의 제지에 박성환 총리는 잠시 움찔 했다.

자신이 흥분해도 너무 흥분해 있었다는 것을 깨달은 것이다.

"이런…… 각하. 제가 잠시 흥분해 결례를 했습니다. 죄송합니다."

"아니오, 이번 테러 사건 해결이 그만큼 중요한 일이니 총리가 흥분한 것, 내 다 이해합니다. 하지만 아직 언론에도 말하지 않은 것을 이렇게 막 말씀하시면 안 되는 것입니다."

대통령은 말로는 괜찮다, 다 이해한다, 라는 말을 하지만 눈으로는 차갑게 박성환 총리를 노려보았다.

그도 그럴 것이 지금 박성환 총리는 겉으로 보면 일본 대사를 상대로 이번 테러의 범인이 일본이 아니냐! 따지는 것으로 보이지만, 깊게 살펴보면 한국이 이번 테러에 관해 알고 있는: 정보를 미우라 대사에게 알려 주고 있는 실정이었다.

대통령은 이미 전국적으로 테러가 발생한 뒤 어떻게 이렇게 많은 테러범들이 한국에 스며들었는지 철저하게 조사를 했다.

하지만 국정원이 아무리 조사를 해도 흔적을 찾을 수가 없었다.

더욱이 테러에 사용된 대량의 폭발물을 인계받으려면 상당한 조직력이 필요한 것인데, 그런 흔적까지 알려지지 않자 이를 조사하던 국정원은 심각해졌다.

미국 CIA에 못지않은 정보력을 가지고 있다고 자부하던 국정원은 이번 일로 자존심에 상처를 입었다.

감히 대한민국 안에서 자신들이 정보전에서 패배를 한 것이기 때문이다.

이 때문에 국정원은 자체적으로 결론을 내린 것이 국정원 내부에 적의 스파이가 있어 정보를 빼돌리고 자신들의 행보를 막고 있다는 결론을 내리게 되었다.

그렇지 않고서 어떻게 흔적을 찾을 수 없는지 그건 말이 되지 않기 때문이었다.

그래서 국정원은 자존심이 상하지만 외부 기관에 도움을 청했다.

자체적으로 감사를 하기에 어느 곳에 스파이가 침투해 있을지 모르기 때문에 조사를 할 수가 없을뿐더러 이런 정보까지 넘어가게 된다면 아마도 꼬리 자르기로 흔적을 지울 것이 예상되어 대한민국에 국정원만큼이나 정보 분석에 뛰어난 국군정보사령부에 의뢰를 하였다.

이런 국정원의 의뢰에 국군정보사령부는 아무런 이견 없이 의뢰를 받아들였다.

조사과정에서 상당수의 외국 스파이나 그들에게 넘어간 요원들을 적발했다.

그리고 적발된 스파이와 배신자들을 추궁하면서 이들 말고도 공직에 있으면서 조국이 아닌 다른 나라에 이득이 되는 이적 행위를 하는 이들도 알게 되었다.

그런 이들 중 최고의 위치에 있는 이가 바로 박성환 총리였다.

그는 국가 정책을 외국에 팔아넘겨 상당한 중개료를 받아 일본이나 미국에 상당한 재산을 빼돌려 놓고 있었다.

은퇴를 한 뒤 외국에 나가 그 돈으로 호화생활을 하려고 계획한 것으로 파악이 되었다.

이러한 정황을 알고 있는 대통령으로서는 지금 박성환 총리가 미우라 일본 대사를 상대로 떠드는 것을 마냥 봐 줄 수만은 없었다.

그래서 그가 더 이상 떠들지 못하게 막은 것이다.

어찌 되었든 그동안 그는 자신과 같은 당의 당원으로써 정치 동반자격으로 알려진 인사였다.

그러니 그의 매국 행위를 알게 되었더라도 쉽게 그의 죄를 언론에 밝힐 수 없었다.

그의 매국 행위가 알려지기라도 한다면 아직 임기가 남아 있는 자신이나 자신을 지지하는 여당에게 심각한 타격이 올 것이기 때문이기도 했다.

'이 자식은 지금 상황이 어떤지도 모르고 아직도 일본에 정보를 넘겨?!'

비록 대통령 자신도 개인의 영달을 위해 많은 불법을 저질렀다.

하지만 절대로 넘지 않은 것이 하나 있었는데, 그건 바로 매국 행위였다.

정치란 어제의 적이 오늘은 아군이 되기도 하고 또 아군이 내일은 적이 되기도 한다지만 이건 아니었다.

어떻게 제 이익을 위해서 나라는 뒤로 하고 적이라고 확실시 되고 있는 일본을 두둔할 수 있으며, 그들에게 정보를 넘길 수 있는가?

이건 확실한 매국 행위였다.

한편 미우라 대사는 방금 전 박성환 총일에게 당당한 표정으로 증거를 가져와 보라는 말을 했지만 속으로 많은 생각을 하게 되었다.

이미 한국이 자신들이 저지른 일이란 것을 알게 되었다는 것은 무척이나 심각한 문제였다.

혹시나 정말로 자신의 말대로 한국이 증거라도 가지고 있다면 국제적으로 일본은 고립이 될 수밖에 없었다.

동맹국에 테러 행위를 한 국가와 어떻게 협력을 할 수 있겠는가?

자신들도 뒤통수를 맞을 수 있는데 말이다.

특히 세계 최강국인 미국은 테러라면 진저리를 치는 국가다.

2001년에 발생한 9 · 11테러는 미국인들에게 크나큰 상처를 주었다.

아니, 그동안 미국은 세계 각국의 분쟁에 관여를 하면서도 자신들은 안전하다 생각을 했었다.

하지만 2001년 9월 11일에 발생한 테러는 그런 미국인들의 생각을 단번에 깨 버렸다.

그 뒤로도 미국 내에 발생한 각종 테러로 공포를 넘어서 노이로제에 걸릴 지경이 되었다.

그 때문에 미국 정부는 테러단체와는 그 어떤 평화적 대화도 협상도 하지 않겠다는 선언을 했다.

테러단체는 깨 부셔야 할 타도의 대상인 것이다.

그런데 동맹국을 테러한 일본의 행위가 알려지게 된다면 일본은 한순간에 국제 따돌림은 물론이고, 전범국 내지는 타도해야 할 인류의 적으로 낙인이 찍힐 게 분명했다.

이런 결과는 보지 않아도 빤한 결과였기에 무조건 아니라고 발뺌을 해야 했다.

하지만 미우라 대사는 알지 못했다.

그가 청와대에 들어설 때부터 이미 그의 표정을 읽고 있는 이가 있었다는 사실을 말이다.

미우라 대사는 모르고 있었지만 그는 자신도 모르게 약간의 표정이 변하고 있었다.

현재 미우라 대사는 어떻게 변명을 할 것인지 그리고 앞으로 한국과 일본의 관계 설정에 대한 생각으로 주변의 공기가 바뀌었다는 것을 알지 못했다.

4.
회유

사부로는 현재 자신에게 주어진 상황이 이해가 가지 않았
다.

한국에 출장이란 것을 와서 누군가와 싸우다 붙잡혔다.

그런데 그들은 자신을 죽이지 않고 이렇게 어떤 방에 넣고
방치를 하고 있었다.

그래서 사부로는 멍하니 자신의 미래에 관해 생각을 하다
그동안 자신이 걸어 온 삶을 생각해 보았다.

사부로가 태어난 곳은 이바라키 현이었다.

이바라키에서도 남부에 속한 미호촌에서 4남 1녀 중 3남
으로 태어났다.

그가 기억하는 자신의 집은 무척이나 가난했다.

그의 집은 그나마 다른 식구들에 비해 건강한 어머니가 산에서 채취하는 산 야채와 호수에서 잡아 오는 작은 생선으로 연명을 했다.

뭐 그렇다고 특별히 사부로 자신의 집만 가난한 것은 아니었다.

주변에 있는 다른 집들의 형편도 다들 비슷한 처지였다.

그렇기에 마을 주민들은 모두가 한 가족처럼 이웃을 챙겼다.

그렇게 어린 시절을 보내고 그가 처음 자신이 다른 사람과 조금은 다르다는 것을 알게 되었다.

앙상하게 마른 자신이 식구들이나 마을 사람들과 다르게 자신은 그들이 가지지 못한 엄청난 힘을 가지고 있다는 것을 말이다.

중학교를 다닐 때였다. 학교 수업을 마치고 돌아오는 길에 같은 마을에 사는 토시오라는 자신보다 세 살 많은 형이 누군가에게 집단으로 폭행을 당하는 것을 목격했다.

토시오는 자신이나 다른 마을 사람들과 다르게 방사능에 피폭되지 않은 정상인이었다.

물론 그건 사부로가 나중에 어른이 된 뒤 알게 된 사실이다.

아무튼 토시오라는 마을에 사는 형이 다른 사람들에게 맞고 있는 것을 본 사부로는 다른 생각할 것 없이 폭행을 하는 이들에게 달려들었다.

그런데 결과는 자신 혼자서 토시오를 폭행하던 여섯 명을 모두 때려 눕혔다.

그 일로 자신이 다른 사람들보다 힘이 무척이나 강하다는 것을 깨달았다.

그리고 사부로의 그런 힘이 알려지면서 마을 자치위원회에 불려 가게 되었다.

불려 간 자치위원회에서 사부로는 자신의 미래가 결정되는 것을 지켜보았다.

그러면서 사부로는 그동안 몰랐던 진실들을 알게 되었다.

어린 나이었지만 당시 자치위원회에서 들려준 이야기를 들으며 자신과 같은 이들이 전국에 상당히 많다는 것과, 그런 이들이 자신들의 마을 즉, 외부인들에게 부라쿠라 불리며 차별을 당하고 있다는 것도 말이다.

사부로는 어린 마음에 많은 사실을 알게 되면서 자신도 그들처럼 어른이 되면 자신의 힘으로 가족과 마을을 지켜 줄 것이라 다짐을 했다.

확실히 그 다짐처럼 성인이 되기도 전에 사부로는 자신의 가족은 물론이고 마을을 책임지는 동량이 되었다.

일본에서 부라쿠 출신은 절대로 정상적인 직업을 가질 수 없었다.

아니, 비정상적인 직업인 야쿠자도 될 수가 없었다.

무엇 때문인지 인간쓰레기인 그들조차 될 수 없는 것이 부라쿠 출신들이었다.

이런 내막을 조금 더 커서 알게 되면서 사부로는 다른 부라쿠 출신들처럼 자신도 해결사가 되었다.

야쿠자 조직 간의 대리전쟁에 용병으로 참여를 하여 많은 사람을 죽였다.

처음 사람을 죽일 때만 해도 여린 그의 마음은 몇 날 며칠을 악몽에 시달렸다.

그러던 중 돈이 없어 치료도 받지 못하고 죽어 가는 동생의 모습을 보며 미몽에서 깨어나게 되었다.

부라쿠 출신은 아무리 아파도 병원에 갈 수가 없었다.

아니, 치료는 받을 수 있었다.

다만 치료를 받기 위해선 엄청난 액수의 치료비를 지불하여야 했다.

일부 의사들이 무료로 의료 봉사를 하고는 있지만, 그런 의료 서비스가 사부로의 마을까지 들어오지는 않았다.

하필 사부로의 마을은 방사능 오염 한계선 안쪽에 자리하고 있었기 때문이다.

자원 봉사자들 또한 인간이기에 자신의 생명까지 도외시하며 피복된 환자들을 돌보는 것은 아니다.

그렇기 때문에 사실 사부로의 마을까지 들어오는 의사가 없다.

만약 사부로가 살고 있는 마을에 급한 환자가 발생한다면 한계선 인근까지 이동을 해 와야만 치료를 받을 수 있었다.

그러니 사부로와 같은 돌연변이 부라쿠들은 목숨을 도외시하며 야쿠자의 전쟁에 뛰어들게 되는 것이다.

그리고 사부로도 그렇게 점점 무감각하게 의뢰를 받아 대상을 죽여 왔다.

그런데 지금 사부로에게 최대의 위기가 찾아왔다.

그 위기란 바로 사부로와 같은 돌연변이가 아직 없었기 때문이다.

사실 몇 년 전까지만 해도 두 명의 돌연변이가 있긴 했다.

하지만 한 명은 의뢰를 나갔다 돌아오지 않았고, 다른 한 명은 수명이 다 되어 죽었다.

돌연변이들이 사실 덩치도 크고 힘도 세, 인간의 진화한 듯한 모습을 보이지만 사실 그렇지 못했다.

그들은 일본인 평균 나이가 80세인 것을 감한 것 보다 훨씬 못 미치는 43세 전후로 수명을 다했다.

즉 그 말은 그들이 80세까지 써야 할 에너지를 미리 사용해 수명이 줄어든 것이라고 봐야 했다.

그들이 수명이 짧은 것과 보통 사람은 비교도 되지 않는 괴력을 나타내는 원인을 규명하지 못한 과학자들이 내놓은 답이니 얼추 맞을 것이다.

아무튼 사부로의 나이도 어느덧 38세가 되었다.

몇 년 뒷면 자신도 생을 마칠 것이다.

하지만 자신이 죽은 뒤 자신의 가족과 마을이 걱정이 되었다.

아까도 말했다시피 부라쿠는 그 어디에도 취직을 할 수가 없다.

그렇다면 천상 마을 앞 호수에서 물고기를 잡고 마을 주변에서 일구고 있는 밭에서 나는 곡식으로 연명을 해야 한다.

하지만 그것만으로는 마을을 꾸려 나갈 수가 없다.

이 때문에 돌연변이들은 어떤 일도 거부하지 않고 열심히 일했다.

물론 그 때문에 더 일찍 수명이 다한 것인지도 모르겠지만, 아무튼 현재 자신은 한국의 어느 곳에 잡혀 있다.

그리고 앞으로의 미래는 장담할 수조차 없는 상황이다.

그런데 자신의 가족이나 마을을 생각하면 쉽게 포기할 수도 없었다.

더욱이 자신을 제압한 그 사람은 정말이지 사부로가 지금까지 만나 본 그 누구보다 두려운 존재였다.

부라쿠들 중에서도 상위에 속하는 자신이나 다른 부라쿠 여섯 명이 덤벼 보았지만 그의 상대가 되지 못했다.

어떻게 제압 된 것인지도 모르는 상태에서 모두 제압이 되었다.

마치 자신과 같은 부라쿠들이 야쿠자들을 제압하던 것보다 더 쉽게 모든 것이 끝났다.

이 때문에 사부로는 이곳에서 탈출을 한다는 것을 포기했다.

사부로가 이렇게 자신의 미래와 마을의 미래에 관해 걱정을 하고 있을 때, 그런 사부로를 지켜보는 시선이 있었다.

◈　　◈　　◈

모니터를 통해 사부로의 모습을 지켜보던 성환은 고개를 돌려 심재환에게 질문을 던졌다.

"어때?"

심재원은 성환의 질문이 무엇을 말하는 것인지 알고 있는 듯 질문이 떨어지기 무섭게 대답을 했다.

"지금까지 저희의 지시를 잘 따르고 있습니다."

지시를 잘 따르고 있다는 말에 성환은 눈을 반짝이며 뭔가를 골똘히 생각을 했다.

'저들을 이용한다면 보다 쉽게 일본 내에 세력을 형성할 수 있을 것도 같은데, 저들이 내 제안을 받아들일까?'

성환은 일본에도 한국이나 중국에 그랬던 것처럼 일본의 암흑가에 자신의 세력을 심을 생각이다.

그렇게 해서 세력을 형성한 다음 그들을 이용해 주신의 주변인들에 대한 테러를 방지하려는 계획이었다.

그런데 조사를 하는 중 생각보다 일본의 상황이 무척 좋지 않게 흘러가고 있었다.

뉴스로 전해지는 일본의 상황보다 더 일본 정부의 극우성향이 심각했다.

아직도 민간 부문에서 교류가 되고 있는 상태인데도 공공연하게 반한 시위를 하고 있는 일본이다.

일부 시위는 그 폭력성이 심각해 지탄을 받고 있긴 하지만 일본인들은 그것을 심각하게 받아들이고 있지 않았다.

그럴 수밖에 없는 것이 그것이 직접적으로 자신들에게 피해가 가지 않기 때문이다.

즉, 그들은 폭력 시위에 관해 눈살을 찌푸리는 정도에서 관심을 멈추고 있었다.

만약 시위의 위협 대상이 자신들이었다면 아마 반응은 달랐을 것이다.

하지만 그것이 일본인이고 우익 정치인들이 일본의 침체가 한국 때문이란 호도를 해도 그러려나 보다라는 막연한 생각을 할 뿐이다.

그리고 어느 순간 계속해서 반복적을 그런 이야기를 들으며 세뇌가 되어 그런 주장에 동조를 한다.

성환은 이런 일본인들의 성향을 잘 알기에 중국과는 또 다르게 세력을 만들고 관리를 해야 한다는 것을 잘 알고 있다.

중국은 소림사라는 큰 언덕이 있기에 굳이 직접적으로 관리를 할 필요가 없다.

하지만 일본만은 달랐다. 자칫 방심을 했다가는 뒤통수 맞기 좋았다.

그러니 어느 누구와 손을 잡을지, 그리고 그들을 어떻게 관리를 할 것인지도 심사숙고해야 한다.

그러다 눈여겨보게 된 것이 바로 사부로와 같은 부라쿠였다.

처음 부라쿠에 관해 듣게 된 성환은 그들에 관해 자세히 조사를 하였다.

마침 성환의 옆엔 김용성이 있었다.

부산연합의 수장이며 일본 야쿠자에 관해서도 많이 알고 있는 그가 있기에 일본의 사정을 듣는데 아무런 불편이 없었다.

그렇게 일본 사정을 듣게 된 성환은 사부로와 함께 잡힌 부라쿠들을 회유할 생각을 먹었다.

그래서 지금까지 그들이 감금된 방을 지속적으로 살피게 했다.

비록 그들을 이용할 생각을 하고 있지만 그들의 인성에 관해 알아야만 했다.

부라쿠들은 자신이나 KSS경호에서도 특별경호팀 외에는 당해 낼 사람이 없었기 때문이다.

물론 KSS경호의 특임대를 2인 1조로 편성을 해 준다면 충분히 제압할 수 있는 전력이다.

하지만 만약 부라쿠들이 목숨을 도외시한다면 그들이 위험해질 수 있었다.

뭐 특임대가 앞으로 몇 년 더 고련을 한다면 충분히 역전할 수 있는 힘을 얻을 수 있겠지만 현재 상태로는 아직 위험했다.

그러니 굳이 위험을 무릅쓰고 모두 수용하기보단, 인성이 제대로 된 자들만 골라내 재활용을 해야 한다.

지금 모니터에 보고 있는 사부로라는 부라쿠는 인성도 그렇고 어느 정도 머리도 쓸 만해 보였다.

사실 사부로와 함께 붙잡힌 부라쿠 중에는 인성이 결여된 자들도 몇 있었다.

그들은 이미 싸움에 미쳐 피를 보는 것을 두려워하지 않고 오히려 즐기려는 성향을 보이고 있었다.

그래서 이렇게 오랫동안 관찰을 하는 것이기도 했다.

"그럼 저자를 열도 정벌의 키로 사용하기로 하지."

성환이 중얼거리자 심재원이나 다른 이들은 모두 조용히 모니터를 지켜보았다.

사실 이 방 안에 있는 사람들은 솔직히 자신들이 감시를 하고 있는 이들을 성환이 모두 죽일 줄 알았다.

자신들이 감시하고 있는 이들은 다른 테러범들이나 테러범으로 둔갑시킨 야쿠자들과 또 다른 존재들이었다.

이들의 존재가 알려진다면 대한민국으로써도 썩 좋은 일이 아니다.

방사능에 피폭이 된 이들이 한국에서 발견된다면 많은 사람들이 의심을 하며 쳐다볼 것이다.

아무리 이들이 일본인들이라고 해고, 또 테러범들의 일행이라 말을 해도 의심을 하는 이들이 꼭 한두 명 있을 것이 분명했고, 그런 의혹은 사람들을 자극할 것이 분명했다.

뿐만 아니라 이런 이슈는 현재 위기에 처한 일본에게 좋은 먹이 감이기도 했다.

북한과 같은 테러국으로 몰린 현 상황에서 오히려 한국을 자국민 납치와 비인도적인 인체 실험을 했다는 누명을 씌울 수 있기 때문이다.

그것이 진실이 아니라도 상관이 없었다.

어차피 이런 이슈가 퍼짐으로 해서 일본은 자신들에게 쏠린 시선을 다른 곳으로 돌릴 수 있기 때문이다.

이는 흔히 정치권에서 사용하는 방법으로 사고가 터졌을 때, 그것을 무마할 스캔들을 터뜨리는 것처럼 말이다.

아무튼 성환은 자신의 계획에 도움이 될 대상을 찾아낸 것이 기뻤다.

'조만간 만나 그를 회유해야겠군! 부라쿠인 그가 굳이 일본을 위해 제안을 거부할 일은 없을 테니까 말이다.'

확실히 부라쿠를 대하는 일본인이나 일본 정부의 반응에 관해 알게 된 성환은 참으로 어이가 없었다.

엄밀히 그들은 피해자들이었다.

정치인과 기업인들이 야합을 해, 지진이 많은 일본에 원자력발전과 같은 위험한 시설을 건립했다.

말은 부족한 전력을 확보한다는 말이었지만, 그들은 원자력발전의 위험성을 설명하지 않았다.

그저 부족한 전력을 충당하기 위해선 원자력 발전만이 대안이란 주장을 하며 전국 각지에 원자력 발전소를 지었다.

일부 학자들이 일본에는 원자력 발전이 적합하지 않다는 주장을 했지만 그들은 소리 소문 없이 사라졌다.

그리고 2011년 3월 11일 일본 도호쿠(東北)지방 앞바다의 대지진과 지진 해일로 인하여 후쿠시마 원자력 발전소에서 발생한 사고가 발생했다.

지진해일로 인해 원자로에 심각한 균열이 발생했다.

그 때문에 발전소가 침수되어 전원 및 냉각 시스템이 파손되면서 핵연료 용융과 수소 폭발로 이어져 다량의 방사성 물질이 누출되었다.

이때에서야 일본은 원자력 발전소가 결코 안전하지 않다는 것을 알게 되었다.

많은 사람들이 지진 해일로 목숨을 잃은 것 이상으로 심각한 피해를 주었는데, 폭발한 발전소 주변은 심각한, 도저히 사람이 살 수 없을 정도로 심각하게 방사능에 오염이 되었다.

뿐만 아니라 당시 방제 작업이나 지진 해일로 피해를 입은 후쿠시마 현 사람들을 돕기 위해 자원봉사를 나섰던 많은 자원봉사자들이 피폭을 당했다.

그중에는 방사능 보호복을 입고 작업을 했던 도쿄 전력의 직원도 있어 사태의 심각성을 알게 했다.

물론 그런 사실이 알려진 것은 사고가 난 뒤 한참이 지난 시간이 흐른 뒤였다.

당시에는 사고의 영향을 줄이기 위해 일본 정부의 보도통제가 있었지만, 손바닥으로 하늘을 가릴 수 없다는 진리처럼 진실은 알려지게 되었다.

그 때문에 일본은 한때 국민들의 시위에 시달리긴 했지만 일본 정치인들은 이 시위를 다른 것으로 다시 무마시켰다.

그것이 바로 일본 우익정치인들이 많이 사용하는 독도 영유권 문제였다.

비록 대한민국과 심각한 갈등을 알게 되었지만 그냥 두었다가는 정부가 무너질 위기였기에 그들은 앞뒤 잴 것 없이 그런 방법을 상용했다.

일본의 정치인들은 이렇게 자신들의 잘못이 명백한데도 원인을 찾아 규명할 생각을 하지 않고 국민의 분노를 외부로 돌렸다.

그리고 정작 피해자인 부라쿠들을 국민들과 격리시켜 접촉을 막았다.

아니, 접촉을 막는 데 그치지 않고 나중에 사부로와 같은 돌연변이가 나타나자 그것을 다시 군사적으로 이용할 목적으로 그들을 납치해 인체 실험을 감행했다.

아무리 부라쿠들이 인간 이상의 괴력을 가지고 있다고 하지만 그들을 제압할 방법은 무궁무진하다.

그들이 먹는 음식에 수면제를 대량 뿌리기를 한다거나, 코끼리도 잠재울 수 있는 마취제를 사용한다든가 말이다.

방심하고 있을 때, 그들이 눈치채지 못하게 제압해 비밀 연구 시설에 감금해 결박을 한다면 아무리 그들이라도 벗어날 수 없었다.

물론 성환이 이런 일본의 상황을 정확하게 알고 있는 것은 아니지만 대략적인 부라쿠에 대한 일본 정부의 방침이나 그런 것은 테러범들을 심문하며 들었다.

그러니 이런 내용들을 가지고 사부로와 그와 비슷한 성향을 가진 이들을 설득한다면 충분히 써먹을 수 있을 것이다.

◈　　◈　　◈

"미야모토 씨 어떻게 하시겠습니까?"

고재환은 일본 내각정보국의 특수요원인 미야모토를 회유하고 있었다.

다른 자들과 다르게 그는 무척이나 감수성이 예민한 사람으로 자신이 저지른 테러 행위에 무척이나 괴로워하고 있었다.

그러했기에 성환이 심문을 할 때, 다른 자들과 다르게 순순히 성환의 심문에 순순히 대답을 했다.

미야모토는 고재환과 여러 번 이런 만남을 했었다.

하지만 지금 고재환의 제안이 그의 귀에 들리지 않았다.

고재환의 이야기가 그의 귀에 들리지 않는 원인은 바로 그의 머릿속 깊은 곳에서 지금도 당시 자신이 벌인 테러의 모습이 반복되고 있었기 때문이다.

"미야모토 상!"

"네, 스즈키 상, 제게 하실 말씀이라도 있습니까?"

"예, 시간이 얼마 없습니다. 언제까지 그렇게 망설이고 있을 것입니까?"

분주히 움직이는 자동차 공장의 젊은 노동자들을 다시 한 번 돌아보았다.

그리고 굳은 얼굴로 돌아서며 말을 했다.

"출발합시다."

차는 서서히 출발해 공장 안으로 들어갔다.

공장장과 협의를 하여 자신들이 작업할 공장에는 사람들의 접근을 막았다.

"스즈키 상은 저쪽에 작업을 시작하십시오. 전 이곳에 폭탄을 설치하고 도색 공장으로 이동을 하겠습니다."

"알겠습니다. 그런 30분 뒤 현관에서 만나기로 합시다."

"알겠습니다."

스즈키와 미야모토는 각자 구역을 정하고 폭탄을 설치했다.

미야모토는 스즈키가 자신의 구역으로 이동을 하자 자신의 가방을 열었다.

그가 가방에서 서류가 보였다.

하지만 서류를 치우니 작은 판이 드러나고, 그 판을 제거를 하니 검은 천이 보였다.

미야모토는 검은 천마저 제거를 했다.

그리고 검은 천이 제거된 가방에 보인 것은 흰색과 검은색으로 된 진흙이었다.

아니, 그것은 진흙이 아니라 무척이나 위험한 물건이었다.

두 가지 색의 진흙처럼 보이는 물질을 반죽을 하고 기폭 장치를 연결을 하면 폭탄이 되는 물질이었다.

셈택스라고 불리는 그 폭발물은 흔히 플라스틱 폭탄으로 알려진 C4(Composition―4 Explosives)보다 더 뛰어난 폭발력을 가진 폭탄이면서도 사용이 무척이나 간편한 것이 현대 특수부대원들이 자주 애용하는 물건이다.

다만 제조 과정이 복잡해 무척이나 고가의 물건이라 구하기가 쉽지 않은 물건이지만, 미야모토의 가방에는 그런 셈택스 폭약이 이곳 아산 공장을 날려 버리고도 남을 정도의 어마어마한 량이었다.

미야모토는 그중 일정 크기의 셈택스를 떼어 내 기계 뒤쪽 공간에 설치를 하고 가방 한쪽에 있는 기폭 장치를 부착했다.

지금 설치한 양만으로도 방경 10m 안은 초토화시킬 수 있었는데, 미야모토는 그런 폭약을 공장 곳곳에 설치하기 시작했다.

그런데 폭약을 설치하는 미야모토의 이마에는 식은땀이 흐르고 손은 잘게 떨리고 있었다.

그가 이렇게 떨고 있는 것은 공장에 들어오기 전 본 공장 노동자들의 모습이 머릿속에 떠올랐기 때문이다.

자꾸만 집에 두고 온 여동생의 모습이 겹쳐 보여 폭탄을 설치하는 미야모토를 흔들고 있었다.

지금 이 일은 조국 일본을 위한 일이다.

침체기에서 빠져나오지 못하는 일본 경제를 살리기 위한 위대한 사명을 가지고 한국에 왔지만 사실 미야모토는 이 일이 정말로 일본의 경제 침체를 바꿔 놓을 수 있는지 의문이었다.

그렇기에 계속해서 갈등을 하고 죄책감이 드는 것이다.

조국을 위해서 자신의 동생과 비슷한 나이의 해맑은 어린 여공들을 희생해야 한다는 것이 미야모토의 양심을 건드렸다.

그렇지만 멈출 수 없었다. 이미 자신과 같은 임무를 가지고 스즈키가 다른 곳에서 자신과 같은 작업을 하고 있다.

그리고 그뿐 아니라 또 다른 동료들이 한국 각지에서 자신과 같은 작업을 하고 있었기에 그들을 배신할 수도 없었다.

자꾸만 자신의 심장을 찌르는 양심을 외면하고 미야모토는 공장 곳곳에 폭약을 설치했다.

모든 작업이 끝나고 약속시간에 늦지 않게 공장을 빠져나왔다.

"미야모토 상, 끝내셨습니까?"

"하이! 스즈키 상! 당신도 모든 작업을 끝냈습니까?"

"하이!"

"그럼 얼른 한국인에게 보고를 하고 우린 빠져나가기로 합시다."

스즈키의 말에 미야모토는 이곳 공장장에게 기기들의 점검을 끝냈다는 보고를 하러 갔다.

사무실에 들어간 미야모토는 흐르는 땀을 손수건으로 닦으며 점검이 끝났다는 것을 알리고 공장을 빠져나왔다.

어차피 공장에 있는 기계들은 일부러 조작을 한 것이기에 간단하게 정상 작동을 할 수 있게 만들었다.

사전에 준비된 계획이었기에 기계들을 정상으로 만드는 것은 간단했다.

미야모토와 스즈키는 공장에서 멀어지고 이들이 공장을 떠나고 정확히 한 시간 뒤 아산 자동차 공장은 폭발을 했다.

눈을 감으면 계속해서 그때의 일이 생각이 났다.

미야모토가 이렇게 자신이 저지른 일 때문에 괴로워하고 있을 때 고재환의 목소리가 들렸다.

"당신들이 했던 행위를 우리가 한다면 어떻게 될까?"

느닷없는 질문에 자신만의 생각에 잠겨 있던 미야모토는 정신이 번쩍 들었다.

지금까지 단 한 번도 생각해 본 적이 없는 질문이었다.

한국이 자신들이 했던 행위를 일본에 한다는 생각은 미야모토는 물론이고, 그에게 명령을 했던 요시오 그리고 그 모든 계획을 수립한 일본의 정부 인사 그 누구도 생각지 못했던 질문이다.

물론 질문을 하는 고재환도 생각해 본 적이 없었다.

지금까지 한일관계에서 한국은 언제나 수동적인 입장에서 생각하고 행동을 했다.

일본은 독도나 역사 교과서 문제로 한국을 도발했다.

그러면 한국 정부는 그런 일본의 태도에 그때 잠깐 성토를 할 뿐, 그뿐이었다.

지금 그런 한국인들과 다르게 자신을 심문하고 있는 남자가 한 번도 생각지 못했던 질문을 했다.

이 때문에 미야모토의 머릿속은 무척이나 바쁘게 돌아

갔다.

'지금 무슨 의도로 그런 질문을 하는 것이지?'

아무리 생각을 해도 질문의 의도를 알 수가 없어 무척이나 혼란스러웠다.

"한 번도 생각해 보지 않았나 보군, 그렇지?"

말을 하면서도 고재환의 표정은 무척이나 차가웠다.

그런 고재환의 표정에서 지금 그가 하고 있는 질문이 결코 장난이 아니란 것을 느끼고 미야모토는 쉽게 그의 질문에 대답을 하지 못했다.

고재환은 자신의 질문에 대답을 하지 못하는 미야모토의 모습을 보며 성환에게서 들었던 이야기가 생각이 났다.

"아마 네가 이런 질문을 하게 된다면 그들은 모두 놀란 표정으로 한동안 대답을 하지 못할 것이다."

"왜 그렇게 생각하십니까?"

"그럼 자네는 한 번이라도 그런 생각을 해 본 적이 있나?"

"네, 네?"

"거 봐. 정작 자네도 그런 생각을 한 번도 해 보지 않았지 않나?"

"그렇군요."

"일본이나 한국의 정치인들은 한 번도 이런 문제에 관해 생각을 하지 않더군. 일본인들은 가해자니 그렇다고 하지만, 한국의 정치인들은 그러면 안 되는 것 아닌가?"

미야모토를 심문하러 오기 전 성환과 했던 대화를 생각하던 고재환은 마음속으로 성환의 생각에 동조를 했다.

'그래, 언제까지 우리가 당해야만 하는 것인가? 받은 것이 있으면 그에 대한 보답을 해 줘야지.'

재환은 그렇게 다짐을 하며 차갑게 눈을 반짝였다.

그런 재환의 모습에 미야모토는 목깃을 스치는 차가운 기운을 느꼈다.

정말 말로만 그러는 것이 아니라 지금 보이는 태도를 보면 정말로 자신들이 그동안 했던 일들을 그대로 보복을 하려는 것처럼 보였다.

'농담이 아니다. 지금 이자가 보이는 태도만 봐도 결코 빈말이 아니란 것을 느껴져!'

한편 자신이 보이는 모습을 지켜보는 미야모토가 겁을 먹고 있다는 것도 모르고 재환은 본격적으로 자신이 미야모토를 찾아온 용건을 꺼내기 시작했다.

"당신도 짐작하겠지만, 우린 경찰이나 검찰 그렇다고 군인도 아니야."

"그, 그게 사실입니까?"

미야모토는 당황했다.

사실 그는 자신들을 붙잡은 이들이 한국의 경찰 특공대나 아니면 알려지지 않은 군 특수부대라 생각을 했었다.

그렇기에 일반 내각조사실 요원뿐 아니라 자신과 같이 특수훈련을 받은 닌자대를 제압할 수 있었다고 생각을 했는데, 그런 존재가 아니라는 말에 이들의 정체가 궁금해졌다.

'그럼 이들의 정체가 뭐지? 우리가 모르는 또 다른 존재가 있다는 말인가?'

미야모토가 한참 고재환의 정체에 관해 생각을 하고 있을 때 그런 고민이 무색하게 쉽게 자신의 신분을 밝히는 고재환이었다.

"들어 봤는지 모르겠지만 우린 KSS경호의 경호원들이다."

"경호원?"

미야모토는 자신들의 정체가 경호원이란 재환의 말에 경악을 했다.

어떻게 훈련을 하기에 일개 경호원이 특수훈련을 하는 자신들을 모두 제압을 할 수 있었는지, 아니, 역대 닌자 수련생 중에서도 최고의 닌자로 꼽히는 요시오 대좌까지 제압을 할 수 있는지 그 능력에 할 말을 잃었다.

그런 미야모토의 기색을 읽은 것인지 재환은 계속해서

KSS경호에 관해 이야기했다.

"너희는 모르고 있겠지만 대한민국은 우리 KSS경호의 수중에 있는 것이나 마찬가지다. 조폭, 너희들 말로 한국 야쿠자들은 이제 진즉에 우리 KSS경호의 밑으로 통합이 되었다."

전국의 조폭들까지 제패를 하고 그들을 지배하고 있다는 말에서 미야모토는 놀람의 정점을 찍었다.

'어떻게 경호회사가 전국의 야쿠자들을 통일할 수가 있는 것이지? 무엇 때문에 그런 쓸모없는 이들을……'

그 의도는 알 수는 없지만 밤의 세계를 통일했다는 것은 무척이나 중요한 일이었다.

그 어느 나라도 그 나라의 어두운 세계를 통일한 조직이나 단체가 없었다.

세계 최강국인 미국도 수많은 갱단과 마피아들이 저마다 세력을 가지고 정부의 규제 밖에서 독자적으로 활개를 하고 있다.

뿐만 아니라 강력한 독재 권력을 휘두르는 러시아도 마찬가지다.

아니, 오히려 그들은 마피아들이 사설 군대까지 조직해 각 지역의 자경대 마냥 운용이 되고 있다.

이렇듯 세력의 크고 작음이 있긴 하지만 어떤 나라도 폭력 조직을 통일한 곳은 없었다.

그런데 지금 이들은 자신들이 한 나라의 어둠의 세계를 통일해 수중에 넣고 있다고 말을 하고 있었다.

분명 이들 개개인의 능력이 출중한 것은 맞다.

하지만 그렇다고 폭력 조직들이 이들에 굴복해 있다는 말이 쉽게 믿기지 않았다.

그렇지만 뒤이어 들려주는 재환의 말에 믿지 않을 수도 없었다.

"우리 KSS경호의 인원은 500명 정도 된다. 그런데 어떻게 전국에 있는 너희를 찾아낼 수가 있었을까? 생각해 봐라".

고재환은 자신들의 인원이 보통 경호 회사에 비해 상당한 숫자를 보유하고 있지만 그 인원 가지고는 결코 전국에 퍼져 있던 이들을 찾을 길이 없다는 것을 알려 주고, 그럼으로써 자신의 말에 신빙성을 부여했다.

'500명이면 보통 경호 회사 치고는 무척 많은 인원이기는 하지만 그의 말대로 한국을 감당하기에는 부족한 숫자지. 그럼…….'

한참을 생각하던 미야모토는 이런 이야기를 자신에게 들려주는 저의가 무언지 궁금해졌다.

"그런데, 그런 이야기를 제게 들려주는 이유가 뭡니까?"

미야모토는 재환이 이런 이야기를 하는 이유를 알 수가 없어 단도직입적으로 물었다.

그런 미야모토의 질문에 재환은 지금까지와는 다르게 미소를 지으며 대답을 했다.

"그나마 다른 자들보단 당신이 말이 통할 것 같아서 말이야."

"말이 통한다?"

"맞아! 솔직히 내 심정으로는 그냥 일본에 쳐들어가 불바다를 만들어 버리고 싶은 심정이야."

"음……."

재환의 불바다 이야기에 미야모토는 자신도 모르게 신음성을 흘렸다.

정말로 그의 말대로 했다가는 일본에 2차 대전 이후로 끔찍한 악몽이 재현될 것이기 때문이었다.

아니, 2차 대전 때 패전의 악몽과는 비교도 되지 않을, 그런 비극이 벌어질 것이 분명했다.

"하지만 그런 내 생각과 다르게 우리 사장님께서는 일본에 기회를 주기로 하셨다."

"기회?"

"그래, 기회!"

"어떤……."

미야모토는 기회라는 말에 말끝을 흐리며 어떤 것인지 물었다.

그런 미야모토의 질문에 재환은 계획한 이야기를 들려주기 시작했다.

"사실 많은 한국인들이 이번 테러로 일본을 미워하면서도 모든 일본인들이 당신들의 테러를 지지한다고 생각지 않는다."

테러라는 말이 나오자 미야모토의 고개가 숙여졌다.

그런 미야모토의 숙여진 고개를 보며 재환은 계속해서 이야기를 했다.

"일본인 한 명, 한 명은 무척이나 예의가 바른 사람들이지. 물론 예외는 어디에나 있지만 말이야! 아무튼 일본은 집단을 이루면 참으로 돌변하는 인종이야!"

재환은 일본인에 대한 생각을 말하며 잠시 말을 끊고 미야모토를 지켜보았다.

그러다 고개를 든 그와 눈을 마주하고 이야기를 계속했다.

"그래서 우린 이번 테러를 지시한 일본인, 테러를 지원한 그리고 테러를 지지하는 일본인들을 청소할 거다."

"아니, 어떻게 그런 말을……."

"왜? 왜 그럼 안 되나? 너희는 무고한 한국의 국민들을 대상으로 테러를 했는데 말이야!"

미야모토는 재환이 자신들에게 지시를 내린 정부 인사와 일본군에 관해 청소를 하겠다는 말에 반발을 했다.

하지만 왜? 너희는 되고 우린 안 되냐는 말에 할 말을 잃었다.

재환의 말이 맞았기 때문이다. 자신들이 그런 행동을 했으니 똑같은 보복을 받아도 할 말이 없는 것이었다.

그런데 지금 자신이 일본인들에게 테러를 하겠다는 말을 듣고 반발하는 것은 참으로 낯부끄러운 일이란 것을 깨닫고 고개를 숙였다.

그런 미야모토의 모습에 눈을 반짝인 재환은 그동안 뜸을 들이던 본론을 꺼냈다.

"우리가 최소한으로 보복을 끝낼 수 있게 당신이 협조를 해 줬으면 한다!"

"나보고 조국을 배신하라는 말이오?"

"그게 어째서 배신이지?"

"그럼 그게 배신이 아니란 말입니까?"

"허허, 난 그것이 어째서 배신인지 알 수가 없군! 사실 동맹국에 테러를 하라고 지시를 내리는 총리가 정상이라고 보나?"

이미 이번 테러를 지시한 최종 책임자가 누군지 밝혀졌다.

그렇기에 재환은 일본 총리도 살생부에 있다는 것을 직접적으로 표현하며 동맹국에 테러를 지시하는 자가 정말로 일본에 도움이 되는 자인지 물었다.

그런 재환의 질문에 미야모토는 선뜻 대답을 할 수가 없었다.

자신이 생각해도 그런 총리는 절대로 조국에 득이 되는 인물이 아니라 나라를 망치는 인물이었다.

"그리고 만약 너희의 테러가 성공을 했다고 해도 결과는 빤하다. 아마 우리 한국과 일본의 전쟁이겠지!"

"전쟁?"

"그래, 아마 너희는 모르겠지만, 너희들의 대장인 요시오로부터 모든 진실을 들었다."

"그게 사실이오? 정말로 이번 일의 마무리가 전쟁이라는 것이?"

"맞아! 한국이 테러로 정신이 없는 틈을 타, 일본은 해군 3함대와 두 개의 직할대를 동원해 독도를 점령하고 그것을 기반으로 울릉도와 제주도를⋯⋯."

재환은 요시오로부터 알아낸 일본의 계획을 미야모토에게 들려주었다.

미야모토는 재환의 이야기를 들으며 그의 이야기가 무척이나 구체적이고 직관적이라 그의 말이 진실이란 것을 깨달았다.

그런데 미야모토는 이해가 가지 않는 한 가지 것이 있었다.

총리나 일본 내각 장관들이 어떤 근거로 한국과 전쟁을 벌이려는 것인지 알 수가 없었던 것이다.

한국과 일본이 경제적으로 대립을 하는 관계라 해도 국가적으로는 동맹관계.

즉, 중국이나 북한, 러시아와 다르게 미국, 한국, 일본은 동북아시아의 평화를 이루기 위한 삼각동맹을 한 관계였다.

만약 그런 상태에서 한국과 전쟁을 한다면 미국이 결코 좌시하지 않을 것이다.

그런데 어떤 자신감이 있기에 한국에 선전포고도 하지 않고 전쟁을 하려고 했는지 알 수가 없었다.

정말로 미친 것이 아닌가? 생각이 들 뿐이었다.

하지만 여기서 미야모토가 생각지 못한 것이 있었다.

일본 정부나 이토 총리는 결코 전쟁을 생각한 것이 아니었다.

테러로 정신이 없을 때, 트집을 잡아 속전속결로 한국을 점령한다는 생각에서 벌어진 일이었다.

막말로 테러를 수습하기 위해 정신없는 한국을, 해양 강국인 일본의 해군 전력을 감당하기 전에 주요 거점을 점령한다면 미국이 껴들기 전에 한국을 점령할 수 있다고 생각했다.

쌀이 익어 밥이 된 상태라면 중국과 러시아를 견제하기 위해서 미국은 자신들을 핍박하지 못할 것이란 계산이었다.

그러니 동맹인 한국에 과감하게 테러를 지시하고 해군에 한국이 혼란해질 때, 출동하기 위해 준비를 하고 있었다.

하지만 한국의 대응이 그들의 시나리오와는 전혀 딴판이었다.

아니, 시작부터 하늘이 일본의 천인공노할 계획을 인정하지 않았는지 일이 엉뚱하게 진행이 되었다.

그들도 모르는 테러 집단이 붙잡혀 한국이 경각심을 일으켰다.

그 과정에서 테러를 준비하던 요원들이 붙잡히면서 계획이 탄로 났다.

물론 그 뒤로 테러가 성공을 했지만, 또 한국은 자신들이 예상한 것과 다르게 침착하게 테러에 대응을 했다.

아니, 오히려 함정을 파고 테러범들을 잡아들였다.

"현재 일본 정부와 총리는 2차 대전 일본을 패망에 빠뜨린 도조 히데끼와 군국주의 망령들과 다를 바가 없다. 그런데도 그들을 위해 변명을 할 것인가?"

재환은 격정적으로 현 일본 정부와 이토 총리를 성토했다.

그런 재환의 말에 미야모토는 자신도 모르게 재환의 말에 동조하고 말았다.

"우리가 능력이 없어 당신을 포섭하려고 하는 것이라고 생각하면 크나큰 오산이다. 우리는 너희와 다르다. 너희처럼 목적을 위해서라면 민간인도 아무런 양심의 가책 없이 희생시키는 그런 사람이 아니다. 전쟁을 한다고 해서 우리 한국이 너희 일본에 질 것이라고 생각하나? 그렇게 생각했다면 생각을 고쳐먹기 바란다. 우리 한국은 정전 후 70년 동안 전쟁을 준비한 나라다. 겉으로 보이는 것이 전부는 아니란 말이다."

고재환은 자신이 군에서 보고 배운 것을 들을 생각하며 소리쳤다.

그런 재환의 모습에 미야모토는 일본이 한국을 한참이나 잘못 생각하고 있다는 것을 깨달았다.

눈앞의 남자만 해도 자신이나 요시오 대좌는 비교도 되지 않는 강자였다.

이 남자는 물론이고, 이 사람과 비슷한 능력을 가진 사람들이 상당했다.

그런데 이런 사람을 양성한 이들의 사장이란 남자는 이들 전체가 달려들어도 털끝 하나 건들일 수 없는 언터쳐블이라 했다.

더욱이 무술만 뛰어난 것이 아니라 이들의 전직이 한국군 특수부대원이었다는 사실이다.

군사 작전은 물론이고, 개인 능력까지 출중해 감히 어떻게 막을 수도 없는 사람인 것이다.

이런 내막을 알게 된 미야모토는 조국 일본의 미래가 걱정이 되었다.

괜히 잠자는 사자의 코털을 건들인 것은 아닌지 무척이나 후회되었다.

이런 생각을 하고 있을 때, 다시 한 번 고재환의 말소리가 들렸다.

"지금 당신을 회유하고 있지만 당신의 도움이 없다고 해서 우리가 계획한 일을 못할 것이란 생각은 하지 말기 바란다. 당신이 아니라도 우리의 계획을 수락한 사람은 많으니까 말이야!"

재환은 말로써 미야모토를 흔들었다.

그 말을 들은 미야모토는 자신도 모르게 고개를 끄덕였다.

사실 선택의 자유가 없었다.

이들에게 붙잡힌 순간부터 자신의 운명은 이들의 손에 달려 있었다.

이들이 군인도 경찰도 아니지만, 확실한 것은 자신들이 테러범이란 사실이다.

만약 이런 사실이 다른 한국인들에게 알려진다면 아마 모르긴 몰라도 자신들은 맞아 죽을 것이 분명했다.

그러니 죽기 싫어서라도 이들의 제안에 넘어갈 사람은 많았다.

"알겠습니다. 내가 당신들의 제안을 받아들인다면 정말로 총리나 이번 테러에 관련된 사람들만 처단한다는 것이 사실입니까?"

미야모토는 다짐을 받겠다는 심정으로 결연한 표정으로 물었다.

그런 미야모토의 표정에서 그가 결심을 했다는 것을 느낀 재환은 고개를 끄덕였다.

"물론, 우린 무익한 살인을 원하지 않는다. 이것도 너희 일본이 먼저 우리를 건드렸기 때문에 발생한 일이다."

재환은 이 일이 일본 때문에 발생한 문제란 것을 다시 한 번 강조했다.

일본이 테러를 하지 않았다면 벌어지지 않았을 일이다.

하지만 일본은 말도 되지 않는 망상을 하며 한국에 테러를 했다.

당하고도 참는 것은 사람이 아니다.

성현의 말씀에 오른 뺨을 맞으면 왼쪽 뺨도 내밀라고 했다고 하지만, 그건 현대사회에서 있을 수 없는 일이다.

그저 은유적인 표현이지 정말로 남에게 당해도 참으라는 말이 아닌 것이다.

현대사회에서는 약한 모습을 보이면 죽을 때까지 당한다.

당하지 않으려면 내가 약자가 아니다, 날 건드린다면 너도 무사하지 못할 것이란 것을 보여 줘야지 무사할 수 있다.

지금 성환은 그런 모습을 전 세계에 보여 주기 위해 이런 계획을 세웠다.

다른 나라 사람들이 한국을 글로벌 호구라고 부른다.

동네북처럼 맞아도 아무런 대항을 하지 않고 있기 때문이다.

그래서 이제라도 결코 한국인은 만만하지 않다는 모습을 보여 주려는 것이다.

월남전 때, 신출귀몰하고 악명 높은 베트콩도 강대국 미군은 건드려도 한국군만은 쉽게 건들지 못했다.

그건 당시 한국군은 여느 동맹군과 다르게 당하면 그 이상으로 보복을 했기 때문에 감히 두려워 공격을 못했던 것이다.

하지만 세월이 흐르고 용맹했던 호랑이의 기상은 사라지고 더러운 위정자들이 자신들의 사익을 위해 국민을 저버리면서 지금의 글로벌 호구가 되어 버렸다.

5.
일본으로

똑똑!

"사장님, 고재환입니다."

재환은 미야모토의 포섭을 마치고 사장인 성환에게 보고를
하기 위해 그를 찾았다.

"들어와!"

삐걱!

"그래, 그의 반응은 어떠하던가?"

성환은 업무를 보고 있다 미야모토를 포섭하기 위해 나갔
던 재환이 들어오자 바로 물었다.

"저희의 제안을 받아들이기로 했습니다. 그런데 굳이 저

들을 포섭할 필요가 있겠습니까?"

재환은 사실 테러범들을 포섭한다는 것에 회의적인 생각이었다.

하지만 사장이자 자신이 굳게 믿는 성환이 지시한 것이니 일단 따를 뿐이다.

한편 성환은 재환의 그런 질문을 받자 작게 미소를 지으며 설명을 하였다.

"의문을 가지는 것도 이해가 간다. 하지만 저들 중 자신들이 벌인 일이 잘못된 것이라는 것을 깨달은 이들이 있다는 것을 알고 있지?"

"예, 방금 전 미야모토도 그런 자 중 한 명이었습니다."

"그래, 그런 이들을 포섭하라고 한 이유는 바로 일본에 들어가 청소를 한 다음 그들로 하여금 그들이 속한 조직을 장악하게 만들기 위해서다."

재환은 성환의 이야기를 듣고 눈이 번쩍 뜨였다.

생각지도 못했던 이야기였기 때문이다.

저들이 대한민국에 테러를 한 것에 대한 복수를 해야 한다는 생각을 하고 있었는데, 설마 그 뒷일까지 계획하고 있을지 몰랐다.

"일본은 중국과 또 다르다."

성환이 일본인들에 대해 중국인들과 다르단 말을 했을 때,

그가 무엇 때문에 그런 말을 하는 것인지 잠시 생각을 하던 재환은 특임대들을 중국 현지 훈련장에 훈련을 갔을 때가 생각이 났다.

훈련장을 관리하던 사람들이나 마을 사람들은 하나같이 성환을 떠받들었다.

중화 사상에 젖어 있는 중국인들이라고 생각하지 못할 정도로 그들은 성환을 큰 어른으로 대우를 했다.

그런 영향으로 성환이 운영하는 KSS경호의 직원들인 자신들도 그 혜택을 받으며 편하게 훈련에 임할 수 있었다.

"한국도 그렇지만 일본의 정치인들은 믿을 수 없는 자들이다. 그렇기 때문에 감시를 소홀이 할 수 없고, 또 그렇다고 우리가 언제가 곁에서 지킬 수도 없으니 내부에 감시자를 심는 것이다."

"하지만 그렇다고 그들이 저희에게 협조를 하겠습니까?"

재환은 성환의 말이 이해는 가지만 지금 포섭이 되었다고 일본에 건너간 그들이 정말로 자신들의 의도대로 따라 줄지 의심이 들었다.

지금이야 억류된 상태라 자신들의 제안을 수용했지만 일본에 건너가서는 어떻게 변할지 장담할 수 없었다.

그런 재환의 우려를 아는 것인지 성환은 미소를 지으며 대답을 했다.

"나도 저들을 100%로 신뢰를 하는 것은 아니다. 하지만 그렇게 만들 수단은 많다."

성환은 이번에 포섭된 테러범들에게 미약(迷藥)을 사용할 계획이다.

백두산에서 얻은 단약 제조법 중에는 영약을 만드는 비법 뿐 아니라 사람을 미혹(迷惑)하는 미약이나 더 심하게 폐인을 만들 수도 있는 마약의 제조법까지 다양한 단약의 제조법을 알고 있다.

지금까지 성환은 이런 여러 가지 약들 중에서 인류에 도움이 되는 약들만 일부 제조법을 알려 약을 생산했다.

그런데 이제 필요에 의해 미약을 만들 생각을 하게 되었다.

하지만 이것이 앞으로 좋은 일일지 아니면 악수가 될 것인지 지금은 알 수가 없었다.

일단 이런 약이 만들어지게 된다면 분명 어딘가에서 사용하게 될 것이다.

물론 자신만 아는 제조법이니 최대한 통제를 하겠지만 이 모든 것을 자신이 감시할 수는 없다는 것 또한 잘 알고 있다.

"저들을 통제할 수단은 내가 알아서 할 것이니 고 전무는 이제 우리가 일본에 들어가서 사용할 물품을 준비해! 최세창 대령에게 가면 아마 준비해 줄 거야!"

"알겠습니다."

"그래, 그럼 나가 봐!"

"예."

재환이 나가고 성환은 잠시 자리에 앉아 있다 눈을 감으며 뭔가를 생각하기 시작했다.

한참을 눈을 감고 있는 성환은 30분이 지나서야 눈을 뜨고 컴퓨터 키보드를 두드리기 시작했다.

성환이 하는 것은 바로 백두산 비동에서 외운 것들 중 이번에 포섭한 테러범들에게 사용할 미약의 제조법을 생각해 낸 것이다.

아무리 초인적인 능력을 가지고 있는 성환이라고 하여도 백두산 비동에 있던 책의 수량이 엄청났었기에 그것들 중 필요한 것을 생각해 내는 것도 상당한 시간을 들여 기억을 되새겨야 했다.

◆   ◆   ◆

워싱턴 D.C 외각 한적한 카페 중년의 동양인 남자가 초조한 표정으로 시계를 들여다보고 있었다.

"왜 이렇게 안 오는 거지?"

토리야마 아키라는 현재 무척이나 초조하게 누군가를 기다리고 있었다.

약속 시간까지 5분 정도 남아 있었지만 초조한 그의 마음은 현 상황이 무척이나 답답하고 초조했다.

그렇게 초조하게 5분 정도가 흐르고 그의 앞에 검은색 세단이 와서 섰다.

"미스터 아키라!"

"하이!"

"타십시오."

남자의 말에 잠시 망설이던 토리야마는 자신의 이름을 알고 찾아온 남자를 의심하기보단 일단 차에 탔다.

어차피 자신은 이번 일에 목숨을 걸었다.

이번 일을 성사하지 못한다면 자신은 죽은 목숨이었다.

그렇기에 일단 그의 말대로 차에 오르기로 결심한 것이다.

부웅!

토리야마가 차에 오르자 세단은 바로 출발을 했다.

"반갑습니다. 미스터 아키라! 난 페르디난드 비야라 합니다."

페르디난드의 정체는 바로 죽음의 상인, 즉, 전쟁 무기상이었다.

물론 지금 말한 이름도 그의 본명은 아니다.

직업이 직업이다 보니 언제나 죽음이 그의 곁을 따라

다녔다.

세계 각국의 정보 기관은 물론이고, 경쟁자들이 보낸 암살자들도 그를 쫓기에 몇 개의 가명을 사용하고 있었다.

그리고 조금 전까지 토리야마가 불안에 떨면서 초조하게 기다렸던 이유도 자신이 만나야 할 대상이 죽음의 상인이란 것을 잘 알기 때문이었다.

일본에서 특명을 받고 미국의 군수업체에 무기를 사들이기 위해 접촉을 했지만 어떻게 된 일인지 처음 관심을 보이던 그들은 냉담한 반응을 보이며 거절을 했다.

총리에게 무기 구입이 성사되었다고 보고를 했는데, 지금에 와서 실패를 했다고 하면 총리가 자신을 어떻게 할 것이란 것을 너무도 잘 알고 있었다.

그래서 위험을 무릅쓰고 죽음의 상인에게 무기를 구입하기로 결심했다.

사실 이런 음성적인 일에 관해서 이야기만 들었지 어떻게 연결을 해야 할지 모르는 그는 정보 상인에게 의뢰를 하여 어렵게 연락을 할 수 있었다.

그리고 이렇게 만나게 된 것이다.

"너무 그렇게 긴장할 필요는 없소."

"아, 예!"

"그래, 어떤 물건이 필요한 것이오? 설마 총 몇 자루 구입하려고 네게 연락을 한 것은 아니겠죠?"

페르디난드는 농담을 건네며 긴장하고 있는 토리야마에게 말을 걸었다.

하지만 그 말이 가벼운 농담 같은 말이었지만 토리야마는 그 말이 결코 농담 같이 들리지 않았다.

"물론입니다. 제가 구입하려는 물건들의 수량은 사실 당신이 감당할 수 있을지 그것이 걱정입니다."

무기의 수량에 관한 이야기가 나오자 토리야마는 조금 전까지 긴장한 것과 다르게 자신감이 깃든 목소리로 대답을 했다.

"호! 기대가 되는군요."

"기대하셔도 좋습니다. 제가 구입할 물건은……."

토리야마는 일본을 떠나오기 전 국방성 장관이 필요하다고 했던 무기의 수량이 들어 있는 USB를 노트북에 꽂아 무기구입 내역서를 출력했다.

출력된 무기 구입 내역서를 운전을 하고 있는 페르디난드에게 넘기자 테르디난드는 운전을 하면서 토리야마가 넘겨준 무기구입 내역서를 살폈다.

"허! 어디 전쟁이라도 하려고 하는 것이오?"

페르디난드는 토리야마가 넘겨준 내역서를 살피다 그 수량에 놀랐다.

사실 무기를 구입하겠다는 연락을 받고 의뢰인을 조사를 했다.

그런데 이런 방면에 전혀 이름이 알려지지 않은 동양인이란 것을 알고 혹시 CIA나 FBI의 요원이 아닌지 의심을 했다.

그랬기에 약속 장소에서 의뢰를 받는 것이 아니라 혹시나 잠복하고 있을지 모르는 CIA나 FBI의 요원들을 따돌리기 위해 토리야마를 바로 태우고 자리를 떠난 것이다.

만약 자신을 추적하는 자들이 있다면 자신에게 전화를 한 자는 죽은 목숨이다.

물론 아직도 의심을 놓은 것은 아니다.

조금 더 조사를 해 보고 정말로 구매자라면 좋은 거래가 될 것이다.

일단 그가 내민 주문서는 참으로 마음에 들었다.

함대함 미사일에서부터, 전투기에서 사용하는 공대함 미사일, 그리고 휴대용 대전차 미사일까지 각종 미사일은 물론, 장갑차에 보병수송용 트럭까지 다양한 군 장비들이 목록이 빼곡하게 들어차 있었다.

더욱이 그 수량도 자신이 가지고 있는 무기의 수량을 초과하는 수량이었기에 이번에 큰돈을 벌 수 있을 것 같아 기분이 좋아졌다.

"당신의 신분만 확인한다면 충분히 구해 줄 수 있는 수량이군!"

비록 자신이 가지고 있는 것 보다 많은 물량이지만 시간만 충분하다면 못 구해 줄 양도 아니었다.

"구입 대금은 어떻게 할 것이지?"

페르디난드는 구입 대금에 관해 물었다.

구입명세서에 나와 있는 무기들의 정가만 해도 수십억 달러였다.

자신과 같은 무기상에게서 구입을 하게 되면 가격은 배로 상승을 한다.

그렇다면 한 개인이나 작은 테러단체가 구입할 수 있는 한계를 넘어가는 금액이 나오는 것이다.

이 때문에 페르디난드는 신중에게 구입대금에 관해 물었다.

한편 토리야마는 무기 구입 대금에 관해 물어 오자 신중하게 대답을 했다.

"일단 1/10을 계약금으로 지급을 하고, 나머지 금액은 물건을 인계받는 즉시 넘겨드리겠습니다."

토리야마는 통상적인 무기 거래 절차대로 계약금으로 구입 대금의 1/10의 돈을 지불하고 무기를 받는 즉시 나머지 잔금을 지불하겠다는 말을 했다.

하지만 그 말을 들은 페르디난드는 난색을 표했다.

"음, 그건 어렵겠는데……. 미스터 아키라와 전 이번이 처음 거래인데 계약금을 그렇게 받고는 거래할 수 없습니다."

페르디난드의 거부에 토리야마는 급 당황하였다.

이미 미국의 군수업체들에게서 거절을 당했기에 페르디난드가 최후의 보루였다.

이미 일본은 한국과 전쟁을 치르기 위한 준비단계에 들어갔다.

하지만 자신이 받은 무기 구입은 아직 시작도 못하고 있었다.

그 때문에 일본에서 하루에도 몇 번씩 연락이 와 피가 마를 지경이었다.

일본 정부도 동맹인 한국과의 전쟁이라는 것 때문에 사활을 걸고 하는 일이다.

강대국 미국이 어떻게 나올지 모르는 상태에서 만약 한국과 전쟁을 수행하는 도중 무기 잔량이 고갈되어 중단하게 된다면 심각한 상황에 처하게 된다.

그렇기 때문에 토리야마가 무기 구입을 위해 미국으로 떠날 때 그의 가족은 일본 정부의 인질 아닌 인질이 되었다.

그러니 토리야마는 어떻게든 무기를 구입해 일본으로 가야만 했다.

"그럼 어떻게 하자는 것입니까?"

"계약금으로 절반, 그리고 인수인계를 마쳤을 때, 나머지 절반을 주시오."

"아니, 아무리 첫 거래라고 하지만 계약금으로 절반이나 요구할 수가 있단 말이오."

토리야마는 페르디난드의 조건을 듣고 크게 반발했다.

아무리 첫 거래라 신뢰가 없다고는 하지만 총 구매 비용의 50%는 너무 많았다.

물론 본국에 연락을 하면 지급을 할 수도 있다.

하지만 정상적인 거래가 아니기 때문에 발생한 비용이 어떻게 처리될지 아직 협의가 없는 상태에서 무턱대고 무기상의 조건을 들어줄 수는 없었다.

"20%로 합시다."

"40%."

"40%도 너무 많다고 생각되오. 만약 그런 조건이라면 다른 무기상을 찾아보겠습니다."

"후후, 미스터 아키라! 우리의 정보력을 무시하지 않는 것이 좋을 것입니다. 현재 당신이 무엇 때문에 이렇게 많은 무기를 구입하려고 하는지 우리가 모를 것이라 생각하십니까?"

느닷없는 페르디난드의 말에 토리야마는 긴장을 했다.

"비록 내가 전 세계에서 가장 큰 무기상은 아니지만, 당신의 요구를 들어줄 수 있는 무기상은 손에 꼽을 정도요. 그리고 나 페르디난드와 거래를 하려던 사람을 누가 거들떠 볼 것이라 생각하시오?"

페르디난드는 토리야마에게 자신과 이미 접선을 했으니 다른 무기상은 당신에게 무기를 팔지 않을 것이라 말했다.

물론 이건 진실이 아니다. 하지만 그렇다고 이 말이 100% 거짓은 아니다.

처음 말했던 대로 페르디난드보다 규모가 작은 곳에서는 감히 그와 거래를 하는 곳에 밥숟갈을 드밀지 못하겠지만, 그보다 덩치가 큰 상인이라면 아마 충분히 거래를 할 것이다.

물론 아무리 큰 무기상이라 해도 페르디난드가 쉽게 자신의 밥에 누군가 숟가락을 들이미는 것을 용납하지는 않을 것이지만 말이다.

"아무리 그렇더라도 40%는 너무 한 것 아니오. 서로 절충해서 30%로 합시다."

토리야마는 자신이 20%를 제안하고 페르디난드는 40%를 계약금으로 받길 원하니 원만하게 합의를 보기 힘들었다.

그래서 서로 절충해 그 중간인 30%를 제안한 것이다.

그런 토리야마의 제안을 들은 페르디난드는 한참을 궁리

했다.

조금 더 부를 것인지 아니면 그대로 30%의 계약금을 받고 거래를 할 것인지 말이다.

사실 어떻게 하건 자신에게 불리할 것은 없었다.

다만 여유 자금이 많다면 더 많은 무기를 확보할 수 있으니 더 많은 수익을 기대할 수 있기 때문에 그런 요구를 한 것이다.

"좋소. 그럼 계약금 30%, 나머진 물건을 인도하고 받기로 하지."

"그럼 제 제안에 찬성한 것입니까?"

"그렇소. 물건값은 여기 이 계좌로 송금해 주시오."

페르디난드는 거래를 수락하고 자신의 비밀 계좌 번호를 토리야마에게 넘겼다.

이 비밀 계좌는 케이먼 제도에 있는 은행 계좌로 비밀이 보장되는 계좌였다.

"잠시만 기다려 주시오. 나도 본국에 연락을 해야 합니다."

차에서 내린 토리야마는 일단 국방성에 연락을 했다.

자신에게 무기 구입 의뢰를 한 것은 국방성 장관에게 연락을 하였다.

토리야마가 장관과 통화를 하고 있을 때, 페르디난드도 누군가와 통화를 했다.

그가 통화를 하는 것은 토리야마가 건네 목록에서 부족한 수량을 다른 무기상으로부터 구입하기 위해서다.

어차피 경쟁 관계에 있기는 하지만 또 이럴 때는 서로 협력하기도 하면서 돈을 버는 것이니 서로 상부상조하려는 것이다.

◈　　◈　　◈

"하! 죽일 놈의 쪽발이 새끼들 정말 우리랑 해보자는 거야?!"

삼식은 미국에서 급전으로 나아온 정보 때문에 인상이 절로 구겨졌다.

[일본의 로비스트 토리야마 아키라, 미국 군수업체에 무기 구매 타전, 거절된 뒤 죽음의 상인들과 접촉 중, 전 세계 무기상인 랭크 8위 가브리엘 D 페르디난드와 접촉…….]

지금 삼식이 보고 있는 것은 미국에서 일본 정부의 명령을 받은 토리야마가 한국과의 전쟁에 필요한 무기를 구입하려고 하는 것을 포착한 정보였다.

그가 무엇 때문에 미국의 군수업체는 물론이고, 그들에게 무기 구입 거절을 당한 뒤 불법적인 무기상들을 만나고 다니는지 그 의도를 의심해 보고를 올린 것이다.

현재 한국에게 북한보다 더 위협적인 존재는 바로 일본이기 때문이다.

매해 계속해서 언급되는 역사 교과서 문제와 전범들의 위패를 모시고 있는 야스쿠니 신사에 대한 일본 정치인들의 참배, 그리고 아직도 인정하지 않고 있는 군 위안부 할머니 문제였다.

일본인들은 자신들의 잘못을 인정하지 않고, 조직적으로 세계 인권위의 권고도 무시하고 테러를 자행하고 있었다.

그 대표적인 것이 바로 2012년 일본인 스즈키 노부유키의 광화문 위안부 소녀상 말뚝 테러다.

그는 그 일만이 아니라 미국 캘리포니아에 세워진 평화의 소녀상에도 같은 테러를 자행했다.

평화의 소녀상은 광화문에 세워진 위안부 소녀상과 똑같은 동상이었는데, 스즈키 노부유키는 그런 소녀상이 세워진 것이 일본의 자존심이 상한다는 이유로 2차 대전 일본군이 위안부를 조직하고 관리했다는 것을 부정하며 그 같은 테러 행위를 저지른 것이다.

이로 인해 그는 한국의 검찰로부터 고소장을 받았지만, 그에 응하지 않았다.

아무튼 이런 일이 지금까지 계속해서 벌어지고 있으며, 그때마다 항의하는 한국 정부에 대해서 일본 정부는 그저 내정 문제라는 말로 한국 정부의 항의를 무마시켰다.

이런 상태에서 전국에 일본인들로 구성된 테러범들이 테러를 자행했으니 한국의 입장에서 휴전 상태인 북한보다 더 일본을 경계하는 당연한 일이다.

그리고 우려대로 일본은 전쟁을 준비하려는 듯 미국에 로비스트를 보내 무기를 구입하려고 한다.

삼식은 이 정보를 심각하게 받아들였다.

미국이 무엇 때문에 일본의 무기 구입을 거절했는지 그 정확한 이유는 알지 못하겠지만 일본의 로비스트인 토리야마는 미국의 거절에 그냥 일본으로 돌아가는 것이 아닌 무기상들을 찾아가 구매를 하려고 한다는 것은 무척이나 심각한 문제였다.

군수산업체에 정상적으로 무기를 구입하는 것이 무기상에게 사는 것 보다 훨씬 저렴하게 구입을 할 수 있는데, 그렇지 않고 불법적으로 구입을 한다는 말은 뭔가 구린 일을 벌이려고 한다는 것이란 추측을 할 수 있다.

삼식은 바로 국정원장에게 보고를 하기 위해 움직였다.

◆　　　◆　　　◆

　　KSS경호 회의실 그곳에 10여 명의 사내들이 모여 있었다.

　　"고 전무, 뭐 아는 것 있어?"

　　"전무님, 무슨 일로 저희를 부르신 것입니까?"

　　전직 S1부대원이었던 특별경호 1, 2팀의 전 인원이 회의실에 모였기에 자신들이 모인 이유를 최고선임인 고재환 전문에게 물었다.

　　하지만 그의 입에서 들려온 대답을 별거 없었다.

　　"사장님께서 하실 말씀이 있다고 하니 잠시 기다려 봐."

　　특별경호팀원들이 무엇 때문에 자신들을 모이라고 했는지 중구난방으로 떠들고 있을 때, 성환이 천천히 회의실로 들어왔다.

　　"오셨습니까!"

　　"그래, 다 모였나?"

　　"예, 모두 모였습니다."

　　성환이 들어오자 이야기를 하고 있던 특별경호팀원들이 인사를 했다.

　　"그래 내가 모이라고 해서 다들 당황했을 거야."

　　"좀 그렇긴 하죠."

"다들 자리에 앉지."

사람들이 모두 자리에 앉자 성환은 이들을 자리에 모은 이유를 말했다.

"일주일 뒤 일본에 들어간다."

느닷없는 말에 모두 놀란 눈으로 성환을 쳐다보았다.

"사장님! 일본에 들어가는 것이 이번 테러와 관련이 있는 것입니까?"

일본에 들어간다는 말에 모든 사람들이 놀라 성환만 쳐다보고 있을 때, 이들 중 최고선임이자 가장 높은 고재환이 총대를 메고 궁금증을 물어본 것이다.

"물론 그 일도 관련이 있다."

회의실에 있던 사람들은 이번에 발생한 테러와 연관이 있다는 말에 눈이 빛났다.

KSS경호의 특별경호팀이 군인들이 아니라고 하지만 이들은 아직도 자신들은 조국을 위해 몸을 바친 군인이라 생각을 했다.

비록 전역을 했지만 이들의 마음속에는 S1대원으로서 자부심이 아직도 사라진 것은 아니었다.

포부를 가지고 군에 투신을 했던 이들은 검증도 되지 않은 신생 부대에 그것도 뭔가 알지 못하는 약물을 먹어 가며 조국에 이바지 한다는 마음가짐으로 S1에 자원을 했었다.

그런데 생각지도 못하게 비밀이 외부에 알려지면서 S1이 해체가 되고 말았다.

원칙대로라며 자신들은 다른 부대로 전출이 되고 존재가 지워졌을 것이다.

원래 S1처럼 극비 프로젝트로 양성된 특수부대 대원들의 운명이 그랬다.

이 모든 것을 알고 자원을 했고, 정말로 특수부대 중의 특수부대란 것을 실감할 정도로 힘든 훈련과 특별한 기술들을 배웠다.

그 대문에 전에 있던 부대원들과는 비교 불가의 존재가 되었다.

그런 자신들이기에 부대가 해체된다는 소식을 들었을 때 운명을 예감했다.

그런데 결과는 예상과 달랐다.

어떻게 된 일인지 모르지만 전역을 했던 교관이 경호회사를 차리고 자신들을 모두 수용을 한 것이다.

그리고 뒤늦게 이 모든 것이 치밀한 계획 하에 이루어진 일이란 것을 알게 되었다.

물론 원례 계획하던 일이 아니라 우연히 S1부대의 일이 외부에 알려진 것을 계기로 보다 더 중요한 프로젝트를 위해 S1프로젝트로 양성된 자신들을 교관이었던 성환의 밑으로 편입시키게 되었다는 것을 듣게 된 뒤로 안심을 했다.

계속해서 자신들이 조국에 필요한 존재이며, 외부에 공개되었지만 오히려 그것을 적극적으로 활용하기 위해 양지로 나온 것이었다.

원칙적으로 S1부대는 어느 곳에도 알려져선 안 되는 존재기에 이번 테러와 같은 일이 발생해도 적대국에 보복 테러를 하러 가는 때에도 알려져선 안 된다.

마치 이번에 붙잡힌 일본의 내각정보국의 닌자들처럼 말이다.

그들은 자신들의 존재를 들키지 않고 테러를 해야 했지만 그러지 못했다.

물론 그들을 공개적으로 알려 일본을 압박하는 카드로 사용할 수는 없다.

그렇게 했다가는 일본 정부는 오리발을 내밀 테니까 말이다.

그렇다고 그들을 써먹지 못하는 것은 아니다.

지금도 정부에서는 이번 테러가 일본인들에 의해 자행된 일이란 것을 적극 홍보하고 있었다.

물론 아직도 일본 정부는 그것을 부인하지만, 그들이 부인한다고 사실이 바뀌는 것은 없다.

일본 입장에서는 계속해서 부정을 하는 방법밖에 답이 없을 것이기 때문이다.

하지만 한국 정부도 그것 이상의 행동을 할 수가 없었다.

어찌 되었든 일본 정부가 개입되었다는 증거를 제시할 수가 없기 때문이다.

테러범들의 정체를 알지만 이들의 존재가 일본 내에서도 지워진 상태이기에 더 이상 할 것이 없었다.

그저 항의만 할 수밖에 없었다.

그렇지만 자신들은 달랐다.

자신들은 공식적으로 KSS경호에 속한 경호원들이지, 한국 정부와 연관된 어떤 접점도 없었다.

그저 한국 정부의 의뢰를 받아 테러범들을 붙잡는 데 협조를 한 경호회사의 경호원 그 이상도 이하도 아니기 때문이다.

그런데 지금 회사 사장인 성환이 뭔가 계획을 가지고 일본에 들어가려고 하고 있다.

다른 누구도 아니고 자신들을 데리고 가겠다는 말을 했다.

그 말에 거부할 특별경호원은 없었다.

"언제 들어가는 것입니까?"

"이달 말일에 들어갈 것이다."

고재환은 이달 말에 일본에 들어간다는 성환의 말에 고개를 갸웃거렸다.

굳이 이달 말일에 들어갈 필요가 있는가? 해서다.

하지만 성환도 아직 준비할 것이 있어 이달 말로 계획을 잡은 것이다.

사실 준비할 것이라고는 포섭한 부라쿠들이 요청한 물건이 그때나 돼야 확보가 되기 때문이다.

부라쿠들은 성환의 일을 협조하는 대신 몇 가지 조건을 걸었다.

그것은 바로 그들이 살고 있는 마을에 대한 지원이었다.

부라쿠들이 야쿠자들의 용병으로 한국에 온 것도 모두 돈을 벌어 마을과 가정을 부양하기 위해서다.

그런데 이제는 한국인들의 용병이 되어 일본에 들어가야 한다.

한국의 용병이 되었으니 그에 맞는 대우를 해 달라는 게 부라쿠들의 조건이었다.

그리고 그들이 내세운 조건은 다름이 아니라 마을에 부족한 의약품과 식량 그리고 생필품이었다.

부라쿠의 마을은 일본 정부로부터 그 어떠한 지원도 받지 못하고 있다.

아니, 오히려 경계의 존재로 인식이 되어 경계선 밖으로 나오는 즉시 사실될 위험에 처했다.

일본 정부는 방사능에 피폭된 피해자들을 자국의 국민이

아닌 박멸해야 할 위험분자 또는 괴물로 규정하고 철저히 감시하고 있다.

일본 정부가 이럴 수밖에 없는 이유는 대외적으로 후쿠시마 사태로 대외신임도가 떨어진 상태에서 만약 부라쿠들의 문제까지 알려지게 되면 상당한 파장이 일기 때문이다.

더욱이 일본 내 국민들의 시선도 그리 좋지만은 않았다.

계속되는 경기침체와 방사능 오염 지역의 확산 그리고 영토 분쟁 등은 일본 정부를 심하게 압박하고 있다.

한국과 독도를 두고 다투는 것은 그나마 덜하지만, 중국과 분쟁을 벌이고 있는 센카쿠 열도의 문제는 많은 일본인들을 지치게 만들고 있다.

센카쿠 열도는 독도와 다르게 무력 충돌이 간간히 벌어지고 있기 때문에 일본으로써는 한순간도 마음을 놓을 수 없다.

오죽했으면 일본 정부가 무리수를 두어 한국에 테러를 자행했겠는가?

방사능으로 줄어드는 영토 때문에 방사능으로부터 안전한 땅을 확보하기 위한 일환으로 한국에 전쟁을 벌이기 위한 사전 작업을 한 것이다.

하지만 한국은 일본 정부의 예상과 다르게 그리 큰 혼란을 격지 않았다.

아무튼 부라쿠들은 이미 자신들이 일본인이라 생각지 않았다.

일본 정부도 그들을 일본인이라 생각지 않기에 부라쿠들은 성환이 자신들을 죽이지 않고 오히려 용병으로 포섭을 하려고 하자 적극적으로 임했다.

성환은 사실 이들을 어떻게 활용할까? 많은 고민을 했는데, 의외로 이들의 삶이 열악하다는 것을 알고 한국에서 그랬던 것처럼 야쿠자들을 쓸어버리고 그들의 감시자로 이들을 내세울 생각을 하게 되었다.

어느 나라든 음지가 있고 그들을 처리한다고 한들 음지가 양지가 되는 것은 아니다.

한국도 그랬지만 음지의 특성상 지배 세력이 사라지면 잠시 공백 기간이 있으나 곧 새로운 세력이 나타나 그 자리를 메운다.

그래서 여러 가지 궁리를 하다 야쿠자들을 평정한 뒤 자신이 KSS경호를 내세워 한국의 음지를 감시하는 것처럼 일본인들이 경원시하는 부라쿠들을 세력화해 야쿠자들을 감시하려는 것이다.

그렇게 된다면 야쿠자들은 함부로 한국에 일을 벌이지 못할 것이고, 또 부라쿠는 부라쿠대로 안정적인 손질원이 생기니 자신의 마을을 보다 안전하게 지킬 수 있을 것이다.

이것이 바로 윈윈 작전이 아니고 무엇이겠는가?

만약 그렇게만 된다면 일본의 통제는 보다 쉬워질 것이다.

그리고 성환은 야쿠자들만 처리할 계획은 아니었다.

이번 테러로 일본의 정치인이나 관료는 무척 위험한 존재란 것을 인식했다.

자신들의 이익을 위해선 수단과 방법을 가리지 않는 그들의 행태는 인간이라고 두고 볼 수 없는 그런 잔혹한 행위였다.

아무리 인간이 자신의 이익을 위해서 삶을 살아간다고 하지만 그 방법이 타인의 생명에 위협이 되어선 곤란하다.

더욱이 신의를 배신하고 자신의 이익을 위해 생명을 위협하는 행위는 어떤 말로도 변명이 되지 않는다.

이는 인간의 존엄을 무시하는 행위다.

그건 그들이 떠드는 애국도 아니고 더욱이 인류 평화와는 아무런 연관이 없는 그저 개소리일 뿐이다.

그 때문에 성환은 이번 기회에 그런 위험한 생각을 하고 있는 일본 정부를 그냥 둘 수가 없었다.

특히나 한국에 위협적인 일본군이나 이번 일의 기획자인 총리나 관방장관 등은 필히 제거해야 할 존재들이었다.

"계획은 나중에 자세히 설명을 해 주겠지만 우선 야쿠자들을 정리할 필요가 있다."

"야쿠자요?"

테러 때문에 가는 것이라 했는데, 야쿠자들을 처리한다는 말에 고개를 갸웃거렸다.

테러범들의 정체가 일본 정부의 비밀부대란 것을 알았는데, 왜 관계도 없는 야쿠자란 말인가?

성환의 말이 잘 이해가 가지 않았다.

다만 뭔가 까닭이 있을 것이란 생각에 입을 다물었다.

그러자 성환은 이들이 무엇을 궁금해하는지 알고 계속해서 이야기를 하였다.

"너희도 생각을 해 봐라, 갑자기 일본에 사고가 동시다발적으로 발생을 한다면 어떻게 생각할지."

성환은 그렇게 이야기를 하고 입을 닫았다.

이들이 생각할 시간을 주기 위해서였다.

이들은 단순히 몸을 쓰는 존재가 아니다.

성환은 S1프로젝트를 진행할 당시 단순히 명령에 움직이는 기계를 양성한 것이 아니라 생각하면서 능동적으로 임무를 수행하는 그런 존재를 양성하기 위해 노력했다.

당시에도 이들이 팀 단위로 움직이긴 했지만, 사실 S1부대는 일인부대나 마찬가지였다.

특수부대는 팀 단위로 움직이며, 그 안에 저격이라든가, 아니면 폭파 등 개인마다 특기를 가지고 있었다.

그렇지만 S1부대원은 달랐다.

여섯 명이 팀이기도 했지만 그 안에 각자 주특기가 있는 것은 아니었다.

근접 전투면 근접 전투, 폭파면 폭파, 그 어떤 임무를 주든 해결할 수 있는 능력을 기르는 것이 목적인 부대였다.

막말로 적진에 임무를 받아 침투를 했는데, 그중 한 명이 이상으로 인해 임무를 수행하지 못한다고 했을 때, 기존의 특수부대라면 큰 낭패를 받을 수 있었다.

만약 적의 주요 거점을 폭파해야 하는 임무인데, 폭파 주특기를 가진 대원이 이상이 있다면 그 임무는 실패한다.

하지만 S1부대는 그런 개인 주특기가 있는 것이 아니라 만능인 부대이기에 일인이 남더라도 그 임무를 수행할 수가 있었다.

아무튼 단순한 사고만 하는 것이 아니라, 어떤 임무가 주어지면 그 임무에 관해 사고를 할 수 있게 교육을 시켰기에 이들은 방금 전 성환이 말한 것처럼 그런 일이 발생했을 때의 여파를 생각해 보았다.

"음……."

한참을 생각하던 이들은 모두 하나같이 작은 신음을 흘렸다.

생각해 볼 것도 없이 그런 일이 발생한다면 사람들의 의심을 받는 것은 바로 한국인 것이다.

물론 테러를 벌인 일본을 용서할 수는 없지만 그렇다고 바로 보복 테러를 가한 것으로 의심되는 한국을 좋게 보는 나라는 없을 것이다.

뭐 한국인을 대상으로 테러를 자행하던 단체나 나라는 흠칫 놀라기는 할 것이지만 테러를 당했을 때보단 좋지 않게 볼 것은 당연했다.

그것이 진짜로 자신들이 보복을 했건 일본을 나쁘게 봐 누군가 테러를 했건 상관없이 한국이 의심을 받을 것이다.

이 때문에 특별경호팀원들은 모두 신음을 흘린 것이었다.

심적으로는 일본에 똑같이 갚아 주고 싶은데 그렇게 했다가는 한국에도 피해가 있을 것이 자명했기 때문이다.

그런 경호원들의 생각을 알기에 성환은 덧붙여 설명을 했다.

"물론 일본 정부를 그냥 둘 생각은 없다. 야쿠자들을 평정한 뒤……."

성환은 뒷말을 하지 않아도 그 안에 어떤 의미가 있는지 모두에게 알렸다.

굳이 말을 하지 않아도 지금 성환이 어떤 생각을 가지고 있는지 모를 사람은 아무도 없었다.

그런 성환의 의도를 깨달은 경호원들은 언제 그랬냐는 듯 얼굴들이 환해졌다.

얼굴이 펴는 경호원들을 잠시 지켜보던 성환은 이만 회의를 마쳐야 할 때라 생각하고 마지막으로 지시를 내리고 회의실을 나섰다.

"모두 알아들었을 것이니, 이달 29일까지 휴가를 즐기고 30일에 인천공항으로 모이기 바란다."

"예, 알겠습니다."

성환의 말에 경호원들은 한 목소리로 대답을 하였다.

이달 말에 일본에 들어가면 위험이 있겠지만 솔직히 사장인 성환과 함께 임무를 나간다고 생각하니 그리 위험할 것이란 생각이 들지 않았다.

군에 있을 때도 그랬지만 성환은 불가능이 없는 불가사의한 존재였기 때문이다.

처음 S1부대에 자원을 했을 때만 해도 이들은 두려울 것이 없는 존재들이었다.

각 부대에서 최고라 자부하던 이들만 S1에 지원을 했고 그중에 최고의 신체조건을 가진 존재만 합격을 해 훈련을 받았다.

하지만 어느 누구도 교관인 성환을 뛰어넘은 인물이 없었다.

아니, 그의 근처에 간 인물도 없었다.

분기마다 S1은 교관인 성환을 상대로 그동안 성과를 시험받기 위해 전투를 벌였다.

침투, 방어, 대인 전투를 하면서 한 번도 성환을 이겨 본 적이 없었다.

다른 특수부대와 평가를 할 때는 비교도 되지 않는 성과를 보이며 S1의 뛰어남을 알렸지만, 교관인 성환과의 대결에선 그런 자부심이 한없이 무너졌다.

어떻게 한 명을 두 개 팀인 자신들이 넘어설 수 없는지 한동안 자괴감도 들었었다.

그러다 성환에게 무공이란 것을 배우면서 자신들과 성환과의 차이를 알게 되었다.

그 뒤로 이들은 성환을 그저 조금 뛰어난 존재가 아닌 자신들과 격이 다른 존재로 인식을 했다.

◈　　◈　　◈

인천 국제공항.

1번 게이트에 일단의 장정들이 모여 있어 공항을 이용하는 사람들의 시선이 몰렸다.

웅성웅성.

사람들의 떠드는 소리와 비행기 운항을 알리는 스피커 소리 때문에 무척이나 소란스럽지만, 그들은 일체 관심을 주지 않고 한곳을 주시했다.

한편 공항에 들어서던 성환은 사람들의 시선이 한곳을 향하자 자신도 모르게 그곳을 쳐다보았다.

그리고 그곳에서 특별경호팀의 경호원들이 모여 있는 것을 확인했다.

사람들의 시선을 모으고 있는 그들의 곁으로 걸어가며 성환은 자신도 모르게 웃음이 났다.

일본이 한국보다 따뜻한 나라라고는 하지만, 한국이나 일본이나 여름이 지나도 한참 지났다.

그런데 경호원들이 입고 있는 복장은 아직 한 여름 피서지 복장이었다.

자기들 딴에는 경호원이란 모습을 보이지 않기 위해 위장을 한 것 같은데, 옷 밖으로 나온 구리빛의 오밀조밀한 근육은 그들의 직업이 평범하지 않다는 것을 나타내고 있었다.

그런데 그러고들 있으니 사람들의 시선을 집중시키는 것이 당연했다.

물론 본인들은 무엇 때문에 사람들이 자신들을 쳐다보고 있는지 모르고 있지만 말이다.

"나오셨습니까?"

성환이 다가가자 성환의 모습을 확인한 심재원이 먼저 인사를 했다.

"그래, 그런데 다들 복장들이 왜 그래?"

성환이 자신을 보며 인사를 하는 재원을 보며 복장에 관해 물었다.

그런 성환의 질문에 재원은 고개를 갸웃거리다 대답을 했다.

"그게, 고 전무가 이렇게 입는 것이 저들의 의심을 받지 않을 것이라고 해서⋯⋯."

심재원은 자신들의 모습을 이상하게 쳐다보는 사람들 때문에 조금 전부터 뭔가 불안감을 느끼고 있었다.

그러던 찰나 성환이 와 복장에 관해 물어 오자 떨리는 마음으로 사실을 말했다.

그리고 아니나 다를까? 자신의 말을 듣고 성환이 웃자 낭패한 얼굴이 되었다.

"푸하하하! 그게 정말이야? 고전무가 그렇게 말했다고 자네들이 그렇게 입고 있는 것이라고? 큭큭큭!"

성환은 심재원의 말을 듣고 웃음을 참지 못했다.

차라리 평소처럼 양복을 입고 있었다면 사람들의 시선을 받지 않았을 것인데 어울리지도 않게 여름철 피서지 복장을 하고 있었으니 사람들의 시선이 집중이 된 것이다.

한편 성환을 배웅하러 나왔던 세창도 이들을 발견하고 잠시 떨어져 성환이 오길 기다렸다.

아무리 다른 일에 신경을 쓰지 않는 무신경한 그이지만 계절에 맞지 않는 복장을 하고 있는 특별경호팀을 발견하고는 창피해 그들을 알고 있지 않다는 듯 그들과 떨어져 있었다.

성환이 도착하자 최세창도 성환에게 다가왔다.

"나 참! 애들 복장이 왜 이러냐?!"

"큭큭."

최세창이 성환의 곁에 있는 재원의 모습을 보며 물었다.

그런 세창의 질문에 성환은 대답을 하는 대신 배를 잡고 웃었다.

성환의 그런 모습에 재원의 표정은 더욱 썩어 갔다.

그러면서 고개를 돌려 자신들과 다르게 정장을 입고 있는 고재환의 모습에 이를 악물었다.

'고재환! 두고 보자!'

자신도 모르게 이번 일의 원흉인 고재환을 돌아보며 복수를 다짐했다.

아닌 게 아니라 다른 경호원들도 혼자 빙글빙글 미소를 짓고 있는 고재환을 보며 눈을 부라리고 있었다.

사실 말을 꺼낸 고재환도 일이 이렇게 될지는 생각도 못했다.

그저 장난스럽게 꺼낸 말인데 그 말을 곧이곧대로 믿고 입고 왔을 줄은 상상도 못했다.

그 때문에 이들의 복장을 확인하고 한바탕 박장대소를 했었다.

아무튼 특별경호원들의 요상한 복장 때문에 잠시 소란이 있었지만 성환과 세창은 한쪽에서 심각한 대화를 하기 시작했다.

6.
부라쿠의 단체

"흐흠…… 하!"

마을에 들어선 사부로는 숨을 깊게 들이 마시고 내뱉었다.

도시의 사람들은 감히 상상도 못할 행동이지만 사부로에게 비록 방사능에 오염된 이곳의 공기지만, 그에게만은 그 어느 곳의 공기보다 더 정신을 맑게 해 주었다.

폐 속 들어오는 공기는 자신이 고향에 돌아왔음을 깨닫게 하고 있었다.

한국인들에게 붙잡혀 있을 때만 해도 절대로 다시는 고향의 공기를 숨 쉴 수 없을 것이라 생각했는데, 뜻하지 않은 기회가 생겨 다시 이렇게 폐 속 가득 들이켤 수 있게 되자 폐부 깊이 들어오는 이 느낌이 새로웠다.

이렇게 사부로가 새로운 감각에 취해 있을 때 그런 사부로를 부르는 소리가 있었다.

"오빠!"

사부로는 마을 어귀에서 자신을 부르는 소리에 고개를 돌리다 자신을 보며 달려오는 작은 소녀를 발견했다.

"에리코!"

자신을 부르는 사람은 다름이 아니라 집안의 막내인 에리코였다.

그런데 달려오는 에리코의 모습이 참으로 위태위태하여 그냥 두고 볼 수가 없었다.

"에리코, 위험하니 천천히 와라!"

사부로가 경고를 해 보지만 달려오는 에리코의 동작은 바뀌지 않았다.

사실 에리코의 행동이 이해가 가지 않는 것은 아니었다.

한번도 이렇게 오랫동안 돌아오지 않은 적이 없었기 때문이다.

사부로가 야쿠자들의 용병 일을 하기 위해 마을을 나가더라도 일주일을 넘은 적이 없었다.

부라쿠들은 절대로 자신들의 마을을 벗어나 일주일 이상을 머물지 않았다.

이것은 불문율이었다. 언제 어느 때 마을에 청소부들이 들이칠지 모르기 때문이다.

사실 일부 일본인들은 부라쿠 마을을 좋게 생각하지 않고 박멸해야 하는 곳으로 규정하고 테러를 하는 경우가 있었다.

마치 근대 백인 우월주의자들이 유색인종 마을을 습격해 불태우고 주민들을 살인을 하듯 그와 비슷한 양상을 보이고 있었다.

후쿠시마 원전의 폭발로 피해를 입은 피해자들을 오히려 보호는 하지 못할망정 그들을 외국의 언론이 알기 전에 처리해, 일본의 상황이 위험하지 않다는 것을 보여 주기 위한 아주 위험한 생각을 가진 사람들이었다.

그들은 일본 정부의 지원을 받으며 친정부 단체처럼 위장을 하고 있지만 그 내부를 들여다보면, 극심한 인종 차별주의자에 자신들이 하늘의 선택을 받은 사람이라 믿는 선민사상에 심취한 미친놈들이었다.

특히 이 중 일부 회원들은 정신이 어떻게 된 것이지 방사능 피폭 피해자들을 오히려 이들 때문에 일본에 쓰나미가 일어나고 원전이 폭발을 했다며 가차 없이 공격했다.

아무튼 그런 반인륜적인 단체들의 습격이 빈번하기에 부라쿠들은 외부로 돈을 벌러 나갔으면서도 한시도 편하지 않았다.

언제 자신들의 마을이 그런 단체에 습격을 받을지 모르기 때문이다.

이 때문에 부라쿠들은 절대로 돈을 벌기 위해 전부 나가지 않고 일부 인원은 마을을 지키기 위해 마을에 남았다.

하지만 사부로의 마을은 현재 참으로 난감한 상태다.

그건 현재 사부로 외에 돌연변이인 부라쿠가 없었기 때문이다.

사부로보다 어른인 돌연변이들은 일부는 용병으로 나갔다 총에 맞아 죽었고, 또 일부는 짧은 수명을 다해 생을 마감했다.

그 때문에 현재 마을에는 사부로 혼자만이 돌연변이였다.

그렇다고 마을을 지키기 위해 마을에 남아 있을 수만은 없었다.

어떻게든 마을을 벗어나 돈을 벌어야 식량을 사 올 수 있었기 때문이다.

먹을 것이 없다면 사부로의 마을은 생존을 이어 갈 수 없었다.

그래서 위험을 무릅쓰고 용병으로 한국행을 하게 되었다.

다른 여타 용병일 보다 이번 지옥카이의 의뢰는 보수가 좋았기 때문이다.

더욱이 사부로의 실력을 잘 알고 있는 지옥카이에서 사부로가 한국에 가게 된다면 자신들이 사부로가 올 동안 마을을 지켜 주겠다는 약속을 했었다.

그랬기에 사부로는 안심하고 한국행을 했다.

다행히 야쿠자들이 약속을 지켰는지 마을 어디에도 습격을 받은 흔적은 보이지 않았다.

"오빠! 왜 이렇게 늦게 온 거야! 걱정했잖아!"

에리코는 사부로의 품에 안기며 눈물을 글썽이며 투정을 부렸다.

그런데 그런 에리코의 투정에 사부로는 그녀가 자신을 많이 걱정했다는 것을 깨닫고 그녀를 위로했다.

"이제 돌아왔잖아, 너무 걱정하지 마."

"응!"

"이만 들어가자."

"응, 어서 가자! 사람들이 오빠 돌아온 것 알면 무척 기뻐할 거야!"

사부로는 에리코를 앞장세우며 마을을 향해 걸어갔다.

그런 그의 어깨에는 커다란 짐이 들려 있었는데, 언제나 외부에 일을 갔다 돌아올 때면 언제나 이렇게 많은 짐을 지고 들어왔기에 에리코는 사부로가 등짐을 지고 있는 것에 전혀 이상하게 생각지 않았다.

그런데 지금 사부로가 지고 있는 등짐에는 지금까지 가져온 것과는 많은 차이가 있었다.

에리코의 뒤를 따라 마을에 들어가니 많은 사람들이 사부로와 에리코가 마을로 들어오는 것을 지켜보았다.

"어서 와라!"

"어머! 사부로 어서 와!"

"무사해서 다행이다."

마을 어른들에서부터 어린 아이들까지 마을 사람들 모두 나와 귀환하는 사부로를 환영했다.

"다녀왔습니다."

사부로는 자신이 돌아온 것을 환영하는 촌장에게 먼저 인사를 했다.

그리고 주변에 있는 마을 어른들을 향해 고개를 숙이며 자신이 복귀한 것을 신고했다.

"그래, 그래! 무사한 것을 보니 참 다행이다. 네가 너무 늦어져 걱정 많이 했다."

"걱정을 끼쳐 드려서 죄송합니다."

"아니다. 늦기는 했지만 이렇게 무사한 것을 보니 안심이다."

"예, 이번에는 좀 위험했지만 다행히 무사히 돌아올 수 있었습니다."

사부로는 계속해서 걱정하는 어른들을 안심시키기 위해 조금 뒤 사정을 이야기해야 할 것 같다는 생각을 하며 지금은 간략하게 자신이 늦은 것을 변명했다.

하지만 어려움이 있었다는 사부로의 말에 촌장을 비롯한 마을 어른들의 표정이 창백해졌다.

그도 그럴 것이 현재 마을에 유일하게 외부에 일을 하여 벌어 오는 사람이 사부로뿐이다.

그런데 그가 어려운 일을 겪었다는 말에 혹시 앞으로 사부로의 몸에 이상이 생기면 마을의 존망은 큰 위협을 받는다.

자신들이야 다른 이들보다 오래 살아 죽는 것에 미련은 없지만 아직 어린아이들이 눈에 밟혔다.

부라쿠 출신이라고 어느 곳에도 속하지 못하는 불쌍한 아이들, 부라쿠 출신이라고 모두 방사능 피폭자는 아니다.

하지만 외부 사람들은 뭉뚱그려 부라쿠 출신이라고 경원시한다.

일부 사람들은 자신들이 그들의 마을로 들어가려고 하는 모습만 보여도 몽둥이에 돌팔매를 하였다.

그 때문에 만약 사부로에게 이상이 있어 그가 벌이를 하지 못하는 일이 벌어진다면 큰일인 것이다.

"아, 너무 걱정하지 마세요. 이번에 갔던 일이 전화위복이 되어 좋은 일자리를 얻게 되었습니다."

"그게 정말인가?"

마을 사람 중 한 명이 사부로의 말에 뭔가 기대를 가지고 물었다.

"예, 참! 이것들 좀 나눠 주세요."

사부로는 이야기를 하려다 문득 자신이 등에 지고 있는 등짐이 생각이 나 그것을 내려놓고 등짐을 열었다.

사부로가 가져온 등짐에는 평소 가져오던 것과 다르게 형형색색의 화려한 옷들이 가득했다.

"아니, 이게 뭐냐?"

사실 부라쿠 마을에서 옷은 우선순위에서 벗어난 물건이었다.

의식주 중에서 가장 필요한 것은 식이었다.

먹는 것이 부라쿠에서 가장 중요한 것이고, 그다음이 주거지, 즉, 집이었다.

마을이니 집은 당연히 있지만 그렇다고 중요하지 않은 것이 아니다.

집은 옷보다 중요한 것이었다.

부라쿠 마을은 경재활동을 하지 못하기 때문에 집이 낡아도 수리할 돈이 없었다.

아니, 돈이 있다고 해도 집을 고칠 기술자를 부를 수가 없었다.

그 때문에 마을의 집들은 언제 쓰러져도 이상하지 않을 정도로 낡아 무척이나 위태위태했다.

그 때문에 사부로처럼 외부에 일을 해 돈을 벌어 오는 이들이 많은 비용을 들여 기술자를 불러 집을 수리를 한다.

부라쿠 마을까지 들어오려는 기술자들이 적기 때문에 집수리를 한번 하려면 엄청난 금액을 지불해야만 했다.

그래서 부라쿠 마을은 먹을 것 그리고 거주할 집 그리고 마지막이 입을 옷이다.

옷은 낡아도 입을 수 있고, 또 찢어진 옷이라도 기워서 입을 수 있기 때문에 돈이 있더라도 새 옷을 사려고 하는 사람은 없었다.

그런데 오늘 오랜만에 마을로 돌아온 사부로가 가장 필요도 없는 옷을 가져온 것이다.

사실 마을 사람들은 사부로가 등짐을 풀자 새로운 먹거리를 나눠 줄 것이라 알고 기대를 했다가 먹지도 못하는 옷이 나오자 실망했다.

"일단 새 옷 받으세요. 그리고 조금 뒷면 트럭이 한 대 올 거예요."

"트럭? 아니 외부에서 우리 마을로 트럭이 들어온다는 말인가?"

사부로가 마을에 트럭이 들어올 것이란 말을 하자 촌장이 놀라 물었다.

지금까지 한 번도 외부인이 들어온 적이 없었기 때문이다.

그 때문에 촌장은 무척이나 당황했다.

"예, 저랑 계약한 사람이 트럭을 보내 주기로 했습니다."

"그래?"

"네, 마을로 올 트럭에는 제가 주문한 물건들이 가득 있을 것이니 일단 여기 제가 가져온 선물부터 나누세요."

사부로의 말을 들은 사람들은 환호성을 질렀다.

그도 그럴 것이 아무리 우선순위에서 뒤로 밀리는 물건이라고 하지만 마을 사람들에게 모든 것이 부족한 상태다.

그런데 몇 년 만에 새 옷을 가지게 생겼으니 이 얼마나 기쁘겠는가?

사람들이 자신이 가져온 선물을 좋아하자 사부로의 입가에 저절로 미소가 어렸다.

그리고 자신의 선물에 기뻐하는 이들 중 자신의 동생도 있고 또 가족이 있어 더욱 자신이 자랑스러웠다.

외부의 사람들은 너무도 큰 덩치에 괴력을 가진 자신을 괴물 보듯 하는데, 마을 사람들만은 자신을 똑같은 인간으로 대우를 해 줄 뿐 아니라 자신이 사회에 꼭 필요한 사람임을 깨닫게 해 주는 존재들이기에 더욱 기뻤다.

◈   ◈   ◈

오랜만에 마을로 돌아오자 많은 사람들이 기뻐해 주었다.

마을 사람들의 축하를 뒤로하고 집으로 향했다.

"다녀왔습니다."

사부로는 집에 들어서며 다녀왔다는 인사를 했다.

"그래, 늦었구나."

작고 힘없는 목소리가 들려와 들어오는 사부로를 맞이하였다.

"어머니 몸은 좀 어떠세요?"

사부로를 맞이한 것은 작고 파리한 안색의 여인이었다.

"응, 오늘은 좀 괜찮다."

"잠시만 기다리세요. 약 좀 가져왔으니 곧 놔 드릴게요."

사부로는 마을로 오면서 등짐에 옷만 가지고 온 것이 아니었다.

자신의 어머니와 급한 환자를 위한 약까지 가지고 왔다.

사실 트럭을 타고 오면 편하게 올 수도 있었지만, 마음이 급한 사부로는 자신을 걱정할 가족과 마을 사람들을 생각해 먼저 필요한 양의 짐을 먼저 가지고 마을로 출발했다.

트럭이 편하기야 하지만 자신은 지름길을 통해 조금 더 빨리 가족들을 만나고 싶었기 때문이다.

트럭이 마을로 진입을 하기 위해선 많은 길을 돌아서 가야만 했다.

후쿠시마 사태 이후 일본 동부 지역이 출입 통제 구역이
되면서 관리를 하지 못한 도로들이 많이 유실이 되었다.

몇 년을 관리하지 않으니 아무리 튼튼하게 지은 건물이나
인공구조물들이 수명을 다하지 못하고 파괴되었다.

그 때문에 항구와 가까운 마을이지만 진입을 하는 도로들
이 망실되어 트럭이 들어오기까지 시간이 걸린다.

아무튼 자신의 무사함을 가족에게 알리기 위해 먼저 출발
한 사부로는 자신이 들 수 있는 최대한의 물건을 등에 지고
마을에 온 것이다.

자신이 예정보다 많이 늦게 마을에 왔기에 환자들이 많이
늘었다.

뿐만 아니라 환자들의 상태도 많이 악화되었다.

다행히 한국에서 이들과 손을 잡은 성환이 이들의 사정을
알고 그들이 필요로 하는 물품을 아끼지 않고 챙겨 주었다.

그래서 사부로와 다른 부라쿠들은 성환이 준비해 준 약과
생필품들을 챙겨 마을로 향했다.

성환은 일단 일을 벌이더라도 우선 이들에게 신뢰를 얻어
야만 한다는 것을 잘 알고 자신이 먼저 이들에게 신뢰를 보
여 주었다.

계약에 의해 이들을 고용한 것이지만 비용을 선 지급하였다.

이들도 자신들의 마을이 안전하다는 것을 깨달아야 적극적으로 자신의 일을 도울 것이라 생각했기 때문이다.

이렇게 신뢰를 보이면 부라쿠들도 자신에게 신뢰를 보여줄 것이라 생각했다.

그리고 그런 성환의 의도는 정확히 맞았다.

◈　　◈　　◈

성환은 커다란 트레일러를 끌고 마을로 들어서며 중얼거렸다.

"이곳인가?"

마을 입구에 미호촌(美湖村)이란 한자가 적혀 있는 것을 보니 사부로가 적어 준 마을이 맞았다.

빵! 빵!

마을에 들어서기 전 성환은 크게 클랙슨을 울렸다.

성환이 이렇게 마을 입구에서 클랙슨을 울린 이유는 사전에 사부로와 약속을 했기에 신호를 보내는 것이다.

서환이 클랙슨을 울리고 잠시 뒤 마을 입구로 나오는 사람들 틈에 사부로의 모습을 확인하고 트레일러에서 내렸다.

"다시 보니 반갑군!"

"네, 약속을 지켜 주셔서 감사합니다."

자신의 앞으로 나서는 사부로를 본 성환은 짧게 반갑다는 인사를 하며 그와 함께 나온 미호촌의 사람들을 돌아보았다.

'음, 상태가 그리 좋지는 않군!'

성환이 자신에게 인사를 하는 사부로의 인사를 듣는 둥 마는 둥 하며 주변을 살폈다.

그런데 하나같이 마을 사람들의 상태가 정상이 아니었다.

작은 체구에 못 먹어 삐쩍 마른 몸, 더욱이 영양 상태가 좋지 못한지 피부색 또한 좋지 못했다.

그나마 다행인 것은 성환이 일본에 오기 전 알아본 방사능 피폭 환자들의 기형적인 모습이 미호촌에서는 그리 많이 보이지 않는다는 것이다.

아마도 이곳 미호촌이 비록 오염 지역이긴 하지만 산으로 주변이 막혀 있어 상대적으로 방사능 피폭이 적어 그런 것 같았다.

사실 성환이 이곳에 오면서 피부를 따끔거리게 하는 어떤 기운을 느꼈다.

성환은 그것이 바로 방사능에 오염된 공기가 그런 것은 아닌가? 생각을 하며 내공을 운용해 피부를 보호했다.

원칙적으로는 오염 지역에 들어올 때는 방사능 보호복을 입고 들어와야 하지만 자신의 능력을 확신하는 성환은 자신을 걱정하는 KSS경호의 간부들 즉, 자신과 함께 일본에 들어온 고재환이나 심재원 같은 특별경호팀의 경호원들의 걱정을 뒤로하고 직접 차를 운전해 미호촌까지 온 것이다.

물론 다른 간부들도 사부로와 함께 포섭된 부라쿠들의 마을에 약속한 물품을 전달하기 위해 출발을 했다.

물론 그들은 성환과 다르게 보호복을 착용하고 출발을 했다.

아무튼 성환은 마을 주변을 살피며 마을의 상태를 확인했다.

'아무래도 마을을 보다 안전한 곳으로 옮기는 것이 낫을 것 같군!'

성환은 마을을 살피고 또 마을 주민도 살폈다.

그러면서 앞으로의 계획을 생각하면 이들을 계속 이곳에 거주하게 하는 것 보다는 오염이 덜된 안전선 가까운 곳에 새로 마을을 건설하는 것이 좋을 것이란 판단을 내렸다.

그래야 나중에 야쿠자들을 평정한 뒤 부라쿠들이 그들을 견제하는 것이나 출신 마을을 지키는 것이나 그것이 편할 것 같아서 그런 생각을 하게 되었다.

그리고 이런 생각을 하게 되자 차라리 부라쿠들 마을을 통합하는 것이 좋을 것 같다는 생각마저 들었다.

몇 개의 부라쿠 마을을 통합해 이주를 시킨다면 그들의 안전에 많은 도움이 될 것이고 또 그들과 계약을 한 것처럼 마을을 지원하는 것도 편할 것이기 때문이다.

이런저런 생각을 하며 걷다 보니 어느새 마을 중심에 있는 큰 건물로 들어갔다.

일단 이곳에 왔으니 의논할 일이 있기 때문이다.

"안으로 드시지요."

사부로의 안내로 마을 회의장에 들어선 성환의 앞에 찻잔이 하나 놓였다.

그 찻잔 안에는 진한 녹색의 찻물이 들어 있었는데, 촌장의 차를 먹으라는 말에 성환은 잠시 당황했다.

외부에서 침투하는 방사능이야 내공으로 보호를 한다고 하지만, 내부 장기로 침투를 한다면 그것을 막아 낼 수 있을까? 라는 의문과 불안감 때문에 잠시 망설였다.

그런 성환의 생각을 아는지 촌장은 작게 미소를 지으며 말을 하였다.

"이건 안전합니다. 아니 오히려 몸에 좋지요."

"……?"

성환은 촌장의 말에 잠시 의문의 표정을 지었다.

비록 이곳이 다른 지역보다 오염도가 적긴 하지만 그래도 방사능에 오염된 식물을 섭식한다면 내부 피폭으로 안 좋을 것인데, 괜찮다고 하는 촌장의 말이 이해가 가지 않은 때문이다.

"당신이 무엇 때문에 그런 표정을 하는지 내 다 압니다. 그런데 이 지역이 오염이 되었다고 하지만 그것이 모두 나쁘게만 작용한 것은 아닙니다."

촌장이 설명을 하지만 성환은 그 말을 듣고도 잘 이해가 가지 않았다.

"그건 무슨 뜻입니까?"

성환은 촌장의 말이 이해가 가지 않아 다시 물었다.

그런 성환을 보며 촌장은 차분하게 성환이 이해할 수 있게 설명을 해 주었다.

"자연은 위대한 것입니다. 비록 방사능에 많은 곳이 오염이 되어 죽음에 이르는 병이 들었지만 또 한편으로는 그중에서도 그 위험을 극복하고 진화를 하는 종(種)도 생겨났지요."

촌장의 설명에 성환은 자신도 모르게 사부로를 보다 고개를 끄덕였다.

성환도 지금 촌장이 하려는 말이 무엇인지 잘 알았다.

찰스 다윈의 진화론에 입각한 설명에 수긍을 하게 되었다.

방사능이 많은 생명을 파괴했지만 그중에는 그 시련을 극복하고 진화를 겪었다.

그 증거가 바로 사부로와 같은 돌연변이들. 눈앞에 있으니 촌장의 말을 믿지 않을 수 없었다.

"이 차는 그렇게 방사능을 이겨 내고 자란 약초를 차로 우려 낸 것이니 안심하시오."

"그렇습니다. 사실 우리와 같은 마을들의 주 수입원 중 하나가 바로 이 약초차입니다."

사부로는 부라쿠 마을이 생존할 수 있는 요인 중 하나가 바로 용병일과 이 약초 차 거래에 있다는 설명을 들려주었다.

확실히 성환이 생각하기에도 사부로의 말이 맞는 것 같았다.

아무리 사부로와 같은 부라쿠들의 몸값이 비싸다고 하지만 그들의 몸값만으로는 마을 단위의 많은 사람들을 먹여 살린다는 것은 말이 되지 않았다.

더욱이 일본은 물가가 엄청나다고 알려졌는데, 일반인도 아니고 불가촉천민으로 꺼리는 이들에게 정상가로 거래를 하는 상인은 없었을 것이다.

즉, 이들과 거래를 하면서 상인들은 엄청난 폭리를 취했을 것이 분명했다.

물론 처음부터 상인들이 이들이 생산하는 물품에 대하여 폭리를 취한 것은 아니었을 것이다.

방사능에 오염된 지역에서 생산되는 산물의 안정성 때문에 아주 저렴하게 거래가 되었을 것이지만 안전성이 확보된 뒤로도 이들이 생산하는 농산물에 이런저런 핑계를 대며 폭리를 취했을 것이 분명했다.

성환은 뒤늦게 그런 것을 깨닫고 많은 생각을 하게 되었다.

부라쿠들과 계약을 하긴 하였지만 이들이 속한 마을이 적지 않은 관계로 모든 이들을 지원해 줄 수는 없었다.

자신이 일본에서 벌이려는 일이 물론 많은 돌연변이들이 필요한 것은 사실이지만 그렇다고 엄청난 손해를 봐 가면서까지 모든 피폭환자들을 책임질 수는 없는 일이다.

그렇다고 일부 마을만 지원을 하고 나머지 마을을 지원하지 않을 수도 없다.

부락쿠들은 비록 같은 마을 출신은 아니지만 동병상련의 아픔을 가지고 있어 동족의식이 무척이나 끈끈했다.

개인주의가 강한 현대 일본인들에게 많이 결여된 모습이었지만 부라쿠나 피폭자마을 주민들은 그렇지 않았다.

어려움을 겪는 처지이기에 더욱 뭉쳤을 것이다.

그러니 성환 자신이 계획한 일을 일본에 바르게 정착을 시키기 위해선 어떻게든 다른 마을들까지 수용을 해야만 했는데, 지금 눈앞에 보인 차를 보며 해답을 얻게 되었다.

'그래, 비록 이곳이 방사능 오염 지역이긴 하지만 모든 산물이 인간이 먹지 못하는 것은 아니다. 이 차처럼 어딘가에

먹을 수 있는 것이 있고, 또 이전보다 더 우생학적으로 뛰어난 품종이 있을 것이다.'

촌장이 내온 차를 마시며 성환은 그렇게 또 하나의 계획을 구상했다.

"이런 차는 어떻게 알게 되신 것입니까?"

성환은 촌장에게 조심스럽게 물었다.

혹시나 자신의 의도를 오해할 수도 있는 일이기에 조심할 수밖에 없었다.

하지만 그런 성환의 우려와는 다르게 촌장은 편한 표정으로 성환의 질문에 대답을 해 주었다.

"뭐 못 알려 줄 것도 없지, 사실 이 약초차를 발견하게 된 것은……."

촌장은 말을 하면서도 뭔가 옛 생각을 하는 것인지 작게 인상을 찡그렸다.

사실 이 약초차를 발견하게 된 것은 다른 이유가 있어서 그런 것이 아니라 마을에 기근이 들어 먹을 것이 부족할 때, 마을 아낙들이 주변 산으로 먹을 것을 구하러 다니다 발견한 것이었다.

외부에서 들어오는 식량이라고는 부라쿠들이 용병으로 외부에 일을 나갔을 때 벌어 오는 것 외에는 일체 지원이 되지 않았다.

그러니 어른부터 아이까지 산으로 들로, 또 그래도 힘이 있는 남자들은 마을 앞 호수로 물고기를 잡으러 다닐 때였다.

초근목피(草根木皮)로 연명하던 때 우연히 발견된 이 약초차는 마을사람들에게 구원과도 같은 대 발견이었다.

약초차를 먹은 마을 주민의 증상이 완화되었기 때문이었다.

많은 방사능에 피폭이 되어 하루에도 몇 번씩 기절을 하던 사람이 어느 날부터인가 간간히 돌아다니기도 하고, 또 일부는 직접 산으로 먹을 찾아다니기도 했다.

이러한 모습을 본 촌장은 자신들이 먹는 것 중에 자신들의 증상을 치료해 주는 것이 있다고 확신하게 되었다.

한 사람만 그런다면 그 사람이 뭔가 몸에 좋은 것을 찾았나 보다 하고 생각을 했을 것이지만, 많은 주민들이 비슷한 현상을 보이니 흥분하지 않을 수 없었다.

그리고 그때부터 촌장의 명으로 여러 가지 실험을 했다.

어떤 먹을거리를 먹은 사람들이 그런 반응을 보이는지 실험을 한 것이다.

다행이라면 한때 외부에서 공부를 하고 마을로 돌아온 사람이 있어 어설프게나마 분류를 할 수 있어 약초차를 발견할 수 있었다.

그 뒤로 미호촌에서는 이 약초차를 구해 자신들이 장복을 하고 또 같은 처지에 있는 주변 마을과 이런 정보를 공유하며 물물교환 형식으로 거래를 하기도 했다.

이런 이야기를 들은 성환은 절로 단성을 질렀다.

'역시 그냥 죽으라는 법은 없구나!'

정말이지 참으로 놀라운 자연의 신비였다.

인간의 실수로 방사능이라는 대재앙을 겪었지만 자연은 그 것을 극복하고 있었다.

그리고 그런 자연의 선물을 이곳 미호촌 주민들이 발견해 자신의 몸을 손수 치료를 하고 있었던 것이다.

정부도 포기한 것을 자신들이 직접 몸에 맞는 약초를 찾아 치료를 하고 있었다는 것을 알게 되니 자신도 모르게 이들에게 마음속으로나마 고개를 숙였다.

◈　　◈　　◈

성환은 창밖을 보며 무언가 고민을 하고 있었다.

창밖에는 넓은 바다가 보이고 있었는데, 성환의 눈에는 그런 바다의 풍경은 들어오지 않고 온통 앞으로의 계획뿐이 생각나지 않았다.

'야쿠자들을 감시하는 것은 부라쿠들을 이용하면 되는데,

일단 그들을 통제할 수단이 필요하다. 식량이나 생필품의 지원만으로는 뭔가 미비한데 무엇이 좋을까?'

성환은 사부로의 마을인 미호촌을 다녀온 뒤 많은 생각을 했다.

그나마 사정이 좋다는 미호촌에도 많은 환자들이 있었다.

방사능에 피폭이 된 환자들을 자신의 눈으로 직접 보고 온 뒤로 마음이 무척이나 심란했다.

군인이었던 성환에게 국가가 제 기능을 하지 못하고 국민을 방치하는 모습을 보며 자신이 동기인 세창과 함께 시작한 삼청 프로젝트를 다시 한 번 뒤돌아보게 되었다.

한국 사회는 무척이나 비정상적으로 비틀려 있었다.

누가 그랬던가? 유전무죄 무전유죄(有錢無罪 無錢有罪)라고.

돈 있는 사람은 죄를 지어도 돈으로 면죄부를 사 버려 감옥에 가지 않았다.

하지만 가난한 사람은 작은 잘못을 해도 돈이 없어 변호사를 선임하지 못하고 감옥에 갔다.

뿐만 아니라 누구나 보편타당하게 잘못한 것이라 알고 있는 상식도 돈 있고, 힘 있는 사람에게 공평하게 법이 집행되지 않았다.

법은 만인 앞에 공평하게 적용이 되어야만 한다.

하지만 성환이 본 대한민국은 그렇지 못했다.

조카 수진의 일도 그렇고, 누나 성희의 죽음도 그랬다.

잘못을 저지른 놈들은 반성을 하지 못하고 적반하장으로 보복을 꿈꿨다.

자신에게 힘이 없었더라면 아마 억울한 마음만 간직하고 그들을 그저 보고만 있어야 했을 것이다.

그런 것을 자신만 아니라 대한민국 국민들이 겪지 않게 하기 위해 동기인 최세창이 제안을 해 손을 잡았다.

그리고 지금까지 앞만 보고 달려왔다.

첫 번째 계획대로 자신은 대한민국의 음지를 지배하는 조폭들을 수단과 방법을 가리지 않고 굴복시켜 복속시켰다.

물론 자신은 전면에 나서지 않고 대리인들을 곳곳에 심어 두고 관리를 하였다.

그런데 이 세상은 참으로 관계가 얽히고설킨 복잡한 구조로 되어 있다.

대한민국의 밤을 평정하니 외국의 조직들과도 얽히게 되었다.

중국의 조직과 얽히면서 성환은 중국도 신경을 쓰게 되었는데, 다행이라면 우연히 인연을 맺은 소림과 깊은 연을 맺게 되었다.

오래전 우연히 받은 인연을 보답하기 위해 했던 일이 큰 인연이 되어 자신에게 돌아온 것이다.

더욱이 소림은 자신이 알던 것 이상으로 중국에 영향력을 행사하고 있었다.

그 때문에 별 탈 없이 중국에 자신의 영향력을 행사할 수 있게 되어 한국에 침투하려던 중국 조폭들을 통제할 수 있었다.

한국의 조직은 크게 자생조직과 중국 쪽 조직과 연계한 곳, 그리고 일본의 야쿠자와 연계한 조직들이 있다.

사회가 발달하면서 조직폭력배들도 규모가 커지며 발달하게 되었는데, 뒷골목이나 작은 이권에 연연하던 조직들은 세월이 지나며 발전에 발전을 하여 정치에까지 관여하는 큰 조직들이 생겨났다.

성환은 이런 조직들을 평정하고 계획한 삼청 프로젝트를 마무리 하려는 시점에 들어가는 때 일본 야쿠자의 방해를 받게 되었다.

그런데 그들을 처리하는 과정에서 약간의 편법을 동원하던 중 음모를 알게 되었다.

일본이라는 믿을 수 없는 족속들의 졸렬한 음모를 말이다.

일본은 한국에 영향을 주는 나라 중 하나다.

한국은 세계에서도 군사 강국 중 하나다.

하지만 그런 한국을 둘러싼 주변국은 손에 꼽을 정도로 막강한 군사력을 가진 나라들에 둘러싸여 있어 기를 펴지 못한다.

세계 최강국 미국을 비롯해 2위의 군사력을 가진 러시아, 미국을 위협하는 떠오르는 강국 중국, 그리고 해군력과 공군력만으로는 손에 꼽을 수 있는 강국인 일본까지 하나같이 두려운 나라들이 주변에 있었다.

그중 일본이 한국에 음모를 꾸미고 테러를 자행했다.

성환은 그것을 그냥 두고 볼 수만은 없었다.

자신이 한국을 대표하는 애국자는 아니지만 외세가 자신의 조국에서 날뛰는 것을 그냥 두고 볼 수만은 없었다.

당연 받은 것이 있으면 보답을 해야 한다.

하지만 그것을 드러내 놓고 할 수는 없기에 한국에서 그리고 중국에서 했던 방식을 그대로 돌려주려고 계획했다.

그런데 중국에서는 소림사라는 배경이 있어 순조로웠다.

하지만 일본에선 그런 자신의 배경이 되어 줄 세력이 없었다.

그렇다면 만들면 된다는 생각에 포로가 된 일본인들 중에서 자신이 손잡을 만한 세력을 판별했다.

일본 정부가 방치하고 버린 부라쿠들이 그들이다.

2011년에 발생한 원자력 발전소의 원자로 폭발로 인해 발생한 피해자들을 일본 정부는 외면하고 차별했다.

현재 일본의 동부는 그 여파로 죽음의 대지가 되어 버렸다.

많은 사람들이 고향을 떠나 안전한 중부와 서부로 이주를 했다.

하지만 그렇게 이주를 한 사람들은 어느 정도 살고 있는 사람들이었다.

일본도 한국처럼 부자들은 그렇게 이주를 해 살길을 찾았지만, 그렇지 못한 가난한 사람들은 그렇지 못하고 고향과 가까운 곳에 터를 마련하고 살게 되었다.

처음 정부의 발표대로 안전한 곳에 터를 마련하였지만 그건 크나큰 착각이었다.

일본 정부는 자신들의 잘못을 은폐하기 위해 피해 규모를 축소 은폐하였다.

그 때문에 많은 사람들이 오염 지역에 모르고 안주를 하게 되었다.

세월이 지나 사람들이 하나둘 이상 증세를 보이며 고통을 호소했다.

하지만 일본 정부는 이때도 자신들의 잘못을 인정하지 않고 오히려 피해자들을 부라쿠라 지명하며 접촉을 금하는 발표를 하였다.

이 때문에 오염 지역에 살게 된 사람들은 다시 한 번 정부에 버림을 받게 되었다.

아니, 이전과는 비교도 되지 않을 정도로 그 차별이 심했다.

그런 것을 눈으로 직접 보게 된 성환은 자신의 조국인 한국도 일본과 별반 다르지 않다고 생각했다.

가진 자만을 위한 사회가 일본과 한국이었다.

물론 어느 나라든 돈 있는 사람이 대우를 받는 것은 사실이다.

하지만 그 정도가 일본과 한국은 지나쳤다.

일본의 상황을 직접 눈으로 본 성환은 마무리 단계로 접어든 한국에서의 계획을 보다 빠르게 진행을 해야 할 필요성을 느꼈다.

지금도 권리만을 찾고 의무는 등한시 하고 있는데 일본을 보고 나니 더 이상 참을 수 없었다. 하지만 일단 일본의 일을 마무리 하고 진행을 해야 한다.

어처구니없는 일본 정부 인사들을 그냥 둔다는 것은 화장실가서 볼일을 보고 뒤처리를 하지 않은 것과 같다.

어떻게 동맹국에 테러를 가할 생각을 할 수 있는 것인지 참으로 이해할 수 없는 종자들이었다.

성환이 이렇게 지난 자신의 행보와 앞으로의 일들을 생각하고 있을 때 고재환이 들어와 보고를 했다.

"사장님! 모두 도착했습니다."

뒤에서 들린 고재환의 말에 고개를 돌린 성환은 조용히 그의 뒤를 따랐다.

◈   ◈   ◈

복도를 지나 계단을 내려가니 많은 사람들이 모여 있는 모습이 보였다.

남녀가 섞여 있는 곳에 성환도 알고 있는 얼굴이 몇 있었다.

그들은 바로 사부로와 함께 부산에서 성환에게 포로로 잡혔다가 성환의 제안을 받아들여 풀려난 부라쿠들이었다.

성환과 눈이 마주친 그들은 고개를 숙여 인사를 했다.

그리고 성환도 그들이 자신을 보며 인사하는 것을 따라 고개를 살짝 숙여 인사를 했다.

일단 간단하게 아는 얼굴과 인사를 한 뒤 주변을 살폈다.

이곳에 모여 있는 사람들은 모두 사부로와 같은 부라쿠들로 일본에서 용병으로 활동 중인 이들이었다.

물론 이곳에 일본에 활동 중인 부라쿠가 모두 모인 것은 아니다.

사부로와 함께 풀려난 이들은 모두 여섯 명.

그들은 자신들의 마을에 돌아가 전달할 물건을 전달하고 또 성환이 보내 준 물건들을 인수인계 받아 그간의 사정을 마을 사람들과 가족들에게 설명을 한 뒤 자신과 비슷한 처지에 있는 부라쿠들에게 은밀하게 소문을 냈다.

어차피 용병으로 외부에 나가 있는 부라쿠들도 일반인들과 같이 생활을 하지 않기 때문에 성환이 제안한 일이 다른 일본인들에게 알려질 위험은 없었다.

더욱이 부라쿠들 중에 특별히 자신의 나라에 애국심이 남아 있는 이들은 없었다.

그렇기에 비밀은 지켜졌고, 이 자리에 오지 못한 부라쿠들도 마음속으로는 부라쿠의 단체를 만드는 것에 찬성을 하였지만 일단 계약을 맺은 일이 남아 있어 참석하지 못한 것뿐이다.

"이 자리에 오신 것을 환영합니다."

성환은 자신이 나타나자 웅성거리는 부라쿠들을 향해 큰 소리로 환영인사를 했다.

그 때문인지 조금 전까지 소란스럽던 장내와 다르게 순식간에 실내는 조용해졌다.

성환은 그런 부라쿠들을 살피며 낮은 목소리로 이야기를 하기 시작했다.

"이미 이 자리가 어떤 모임을 위한 자리인지 듣고 온 것이라 생각합니다."

서서히 운을 떼기 시작한 성환은 백두산 비동에서 암기했던 무공 중 하나를 함께 운용하면서 이야기를 전개했다.

한참 성환의 이야기를 듣고 있던 사람들 중 한 명이 성환의 이야기가 끝나기 무섭게 손을 들고 질문을 했다.

"그렇게 하면 정말로 우리 마을을 계속해서 지원을 해 주겠다는 것이 사실이오?"

질문을 한 남자는 성환의 이야기를 집중적으로 듣지 않은 것인지 그저 성환의 제안을 자신들이 받아들이면 성환이 사부로의 마을처럼 지원을 해 줄 수 있는지 물었다.

그는 사부로의 마을인 미호촌에서 산 하나 넘어가면 있는 또 다른 부라쿠 마을에서 온 남자였다.

그의 마을은 미호촌처럼 지형에 보호를 받지 못해서 그런지 미호촌보다 상태가 심했다.

그나마 미호촌에서 알려 준 약초차를 장복한 때문에 어느 정도 버티고 있지만, 시간이 흐르면 언젠가는 사라질 위기에 처해 있었다.

그래서 그런지 마음이 급해 성환의 이야기를 새겨듣지 못했다.

하지만 질문을 한 남자만의 문제가 아니었다.

사실 이곳에 온 부라쿠들의 심정이 모두 이 남자와 별반 다를 것이 없었다.

언제 상황이 악화돼 마을 사람들이 죽어 갈지 모르기에 보기보다 마음이 다급했다.

그런 이들의 사정을 짐작한 것인지 성환은 차분히 그의 질문에 답을 해주었다.

"내가 지금까지 한 말을 다시 한 번 들려드리겠습니다. 제가 한 제안을 받아들이게 된다면 여러분은 지금처럼 야쿠자들의 용병으로 대리전쟁을 할 필요가 없습니다. 오히려 야쿠자들을 여러분들이 제게 위임을 받아 관리를 하면 제가 그에 따른 보상을 지급하는 것입니다. 그러면 여러분은 그 보상으로 의사를 부르든 마을에 필요한 식량을 구하면 되는 것입니다."

성환의 말을 들은 사람은 작게 중얼거렸다.

"제길, 누가 우리에게 먹을 것을 팔 것이며, 오염된 마을로 진료를 올 의사가 어디 있다고 그런 소리를 하는 거야."

작은 중얼거림이었지만 감각이 일반 사람을 능가하는 성환의 귀에 모두 들렸다.

주변에 있던 사람들이 그 남자의 중얼거림에 동조하려는 모습을 보일 때 성환이 나서서 사태를 수습했다.

"잠시 내 이야기를 더 듣기 바랍니다. 당신들은 나를 대신해 야쿠자들만 관리를 하면 됩니다. 그 뒤의 일은 제가 알아서 할 것입니다. 여러분들을 차별하고 있는 일본 정부도 전 그냥 두고 볼 생각이 없습니다."

성환이 거기까지 말을 했을 때, 지금까지와는 비교가 되지 않을 정도로 소란이 커졌다.

부라쿠들은 설마 성환이 일본 정부까지 목표로 하고 있을지 짐작도 하지 못했다.

원래라면 성환도 이 일까지 이들에게 알릴 생각이 없었다.

하지만 돌아가는 분위기가 자신의 계획과 다르게 형성되는 것을 지켜보며 이 이야기까지 하게 된 것이다.

물론 이들이 방금 자신의 이야기를 듣고 일본 정부에 신고를 할 것이란 생각이 들지 않아 이야기를 한 것이기도 하지만 말이다.

이들은 지금까지 일본 정부에 의해 많은 차별을 겪으며 가족들의 죽음을 지켜보았다.

그런 부라쿠들이 자신이 일본 정부를 전복시키겠다고 말을 했다고 해서 신고한다는 생각이 들지 않았다.

그 정도 이들이 일본 정부에 애착을 가지고 있지 않았다.

아니 일반 일본인들만 해도 성환이 이런 이야기를 했을 때 관심을 가지고 신고를 할 이가 몇 명이나 되겠는가?

그 때문에 성환은 자신이 이들을 차별하는 현 일본 정부를 타도하고 다른 일본인들이 이들도 동등한 인간으로 대우를 하게 만들겠다는 생각이다.

그리고 그런 계획을 실천하기 위해 자신에게 어느 정도 힘이 있음을 보여야 했다.

그것은 이곳에 있는 부라쿠들도 마찬가지다.

이들을 자신의 편으로 사로잡기 위해선 이들에게 자신의 힘을 어느 정도 보여야 한다.

자신이 감히 대적할 수 없는 존재란 것을 알게 된다면 자신의 제안을 순순히 받아들이고 자신의 뜻에 적극 협조할 것이란 생각까지 들었다.

"내가 한 말은 모두 진실이며 그렇게 될 것이오. 만약 내 앞길을 막는 이가 있다면 모두 이렇게 될 것이다."

이들에게 이야기 할 때, 어느 정도 이들을 설득하기 위해 존칭을 써 주던 성환은 말을 마칠 때는 자신의 단호함을 보이기 위해 선언을 하듯 끝을 맺었다.

그러면서 한쪽에 자신의 힘을 보이기 위해 가져다 놓은 물건에 손을 뻗었다.

쾅!

갑작스런 굉음에 사람들의 시선이 한 곳에 쏠렸다.

마치 폭격이라도 당한 듯 튼튼한 철제금고 문이 부셔져 있었다.

그 안에는 많은 지폐 뭉치와 골드바가 들어 있었다.

자리에 있던 부라쿠들은 그것을 확인하고 눈에 욕심이 생기기도 했다.

어떻게 된 일인지 모르지만 눈앞에 있는 성환이 어떤 일을 했기에 금고가 부셔졌다는 것을 짐작할 수 있었다.

보통 사람이라면 경악과 놀라움에 공포를 느꼈을 것이지만 부라쿠들은 그런 것 보다는 금고 안에 있는 돈과 금괴에 관심이 쏠렸다.

사실 그들도 성환이 벌인 일에 경악을 했다.

하지만 그보다 더 큰 관심을 끈 것은 돈이었다.

돈만 있으면 가족을 살릴 수 있다는 것을 알고 있는 부라쿠들이기에 성환이 벌인 이적 보단, 돈에 관심을 쏟았다.

이미 이런 것을 짐작한 성환은 짧게 말을 했다.

"저기 있는 돈은 너희가 설립할 단체의 운용 자금이다. 지금과 다르게 너희가 한 단체에 뭉쳐 있다면 야쿠자나 정부도 너희를 함부로 하지 못할 것이다."

짧은 연설이었지만 부라쿠들의 눈이 반짝였다.

사실 지금까지 구심점이 없어서 그렇지 이들의 힘은 대단한 것이다.

만약 부라쿠들이 단체로 뭉치게 된다면 이들을 통제할 수단이 일본 정부로서는 가진 것이 없었다.

경찰은 이들에게 위협이 되지 못할 것이고, 그렇다고 군대를 보내자니 아무런 행동도 하지 않은 이들에게 군대를 보냈을 때는 여론이 감당이 되지 않는 일이었다.

하지만 안타깝게도 지금까지 이들을 어우를 존재가 없었다.

그런데 지금 성환이 그런 자리를 마련한 것이다.

돌연변이로 힘이 강해지긴 했지만 이들 중에 그래도 제법 머리가 돌아가는 사람도 있었다.

그런 이들은 성환의 제안을 듣고 생각을 해 보았다.

자신들에게 그렇게 불리할 것도 없는 제안이었다.

아니 무척이나 이득이 되는 제안이었다.

위험하게 용병일을 할 필요도 없고 그저 성환이 제압한 야쿠자들을 감시 감독만 하면 되는 일이다.

물론 가끔 통제를 벗어나려는 이들이 있으면 제재를 하겠지만 그런 일은 자신들이 충분히 감당이 되는 일이다.

그런데 그런 일을 하면서 지금까지 벌어들인 것 보다 더 많은 수익을 보장했고, 또 안정적인 의료지원을 해 주겠다고 했으니 이런 제안을 받아들이지 않는 것은 바보 같은 일이었다.

이런 판단이 선 부라쿠들은 자신의 생각을 주변에 있는 동료들에게 알렸고, 장내의 분위기는 조금 전보다 훨씬 좋아졌다.

자신들의 앞날에 암담한 고난의 터널만 있을 것이라 생각했는데, 뜻밖의 미래가 펼쳐진 것이다.

　부라쿠들은 너도나도 성환의 말에 호응을 하며 적극적으로 따를 것을 천명했다.

7.
야쿠자와의 전쟁

쾅!

커다란 저택의 담장이 무언가에 폭발을 하듯 터져 나갔다.

"1조 동문을 돌아 한 명도 빠져나가지 못하게 제압한다. 2조, 2조는 나를 따라 두목들을 제압한다."

고재환은 무너진 담을 넘으며 신속하게 자신을 따르는 특별경호원들에게 지시를 내렸다.

무광택의 아머슈트를 입은 특별경호원들은 고재환의 지시대로 신속하게 움직이며 큰 소란에 뛰어나오는 야쿠자들을 한 명, 한 명 제거를 하며 앞으로 나갔다.

고재환이 이렇게 눈앞에 보이는 야쿠자들을 처리하고 있을 때, 또 다른 지역에서 심재원은 자신을 따르는 특별경호원들과 함께 또 다른 야쿠자 집단을 처리하고 있었다.

수십 명이나 되는 야쿠자의 본부에 쳐들어가기에는 적은 여섯 명이지만 이들은 모두 아머슈트를 착용하고 있어 자신감은 그 누구보다 높았다.

성환은 야쿠자를 상대하는 데 굳이 특별경호원들을 한곳에 투입하기보단 두 팀이기에 팀을 나눠 임무를 주었다.

고재환을 따르는 1팀과 심재원을 따르는 2팀은 이 일을 마치 경쟁이라도 하듯 경쟁적으로 임했다.

그 때문인지 빠르게 야쿠자들을 평정하고 있었다.

처음 야쿠자들을 평정하는 일을 시작한 지역은 말 많은 시마네 현이었다.

독도를 자신들의 땅이라고 우기는 그들에게 본때를 보여주기 위해선지 아니면 무슨 생각인지 아무튼 성환은 시마네 현에서 먼저 일을 벌였다.

부라쿠들의 단체 신풍회(神風會)가 자리 잡은 사카이미나토를 기점으로 빠르게 넓혀 갔다.

고재환을 따르는 1팀은 사카이미나토를 기점으로 서부로 향했고, 심재원은 그와 반대로 돗토리 현으로 향했다.

아직까지 큰 조직이 없는 지방이기에 성환은 이들을 두 팀으로 나눈 것이다.

오사카나 히로시마 같이 큰 조직이 있는 지역을 칠 때는 특별경호팀이 모두 모일 것이고 그 자리에 성환도 함께할 생각이다.

하지만 지금은 고만고만한 조직들이 있는 지방이다 보니 성환은 굳이 이들을 함께 움직이게 할 필요성을 느끼지 못했다.

더욱이 자신들이 야쿠자들을 평정하고 있는 소리가 외부에 알려져선 안 된다.

그렇기 때문에 속전속결로 지방을 평정하고 나중에 중앙으로 쳐들어가야 한다.

특별경호원들이 쳐들어오자 야쿠자들은 방심을 하다 무너졌다.

사실 이들이 방심을 하는 것은 당연했다.

감히 자신들을 기습할 집단이 누가 있겠는가?

이미 야쿠자들도 기업화 되어 예전처럼 구역을 놓고 총이니 칼로 전쟁을 하기보다는 용병인 부라쿠들을 대리로 하는 대리전쟁이 유행이었다.

마치 고대 로마인들이 콜로세움에서 검투사들의 싸움을 놓고 도박을 하는 것처럼 자신들이 고용한 부라쿠들을 싸우게 하여 이긴 쪽에서 구역을 차지하는 것이다.

그렇게 함으로써 구역을 뺏기든 뺏건 세력의 약화 없이 평화롭게 일이 마무리되었다.

그러다 보니 싸움에 져 구역을 빼앗긴 쪽에서도 별다른 불만이 없었다.

동료나 부하들이 피해가 없으니 원한이 없었고, 또 돈만 있으면 다시 싸움을 하여 구역을 되찾을 수 있으니 어느새 이런 방식의 구역 쟁탈전이 유행처럼 번지게 되었다.

일부 야쿠자들은 이런 행위가 정통 야쿠자 같지 않은 짓거리라 떠들지만 다른 이들이 모두 이 방식의 경쟁을 원하니 어쩔 수 없이 대세를 따르게 되었다.

받아들이지 않으면 밑에서 하극상이 벌어져 자리를 잃기도 했기 때문이다.

야쿠자도 자신들의 목숨은 소중했다.

그러니 이런 방식의 싸움이 나타나게 된 것이다.

처음에는 그저 중재에 의해 우연히 벌였던 일이 나중에는 이런 방식의 전쟁이 정착되다 보니 야쿠자들은 모두 타 조직과 전쟁에서 어떻게 하면 더 우수한 용병을 구할 것인지 그것에 중점을 두게 되었다.

그러니 이렇게 외부 침입에 관해선 소홀할 수밖에 없었다.

예전 같았으면 두목이 사는 본부에는 수십 명의 경호원은 물론이고 총과 칼 그리고 장갑차에 기관총까지 구비해 놓고 경계했을 것이지만 부라쿠들을 이용한 대결을 통한 구역전쟁을 하는 현재에는 굳이 그 정도로 과하게 무장을 할 필요가 없어졌다.

괜히 요즘 같은 시기에 그렇게 무기를 사들였다가는 공권력의 철퇴를 맞을 수도 있었다.

예전이야 일본에 군대가 없던 시절이었기에 야쿠자들의 무장이 강화되어도 공권력에서 간섭을 하지 못했지만 지금은 달랐다.

일본에도 군대가 생겼다.

만약 야쿠자들이 자신들의 말을 듣지 않았을 땐 총기규제를 들어 군대를 출동시킬 수도 있는 것이다.

일본이 총기를 구하는 것이 그리 어려운 나라는 아니지만 그렇다고 미국처럼 총기 소지를 허가한 나라도 아니다.

그러니 야쿠자들은 굳이 닭어 부스럼 같은 중화기를 보유하기보다는 상대적으로 값싼 부라쿠를 용병으로 썼다.

위협적이면서도 불리할 때 내버릴 수 있는 존재가 그들이니 야쿠자에겐 참으로 쓸모가 많은 존재들이었다.

하지만 이렇게 특별경호팀이 습격을 하니 수수깡처럼 부셔져 가고 있었다.

고재환은 과장인 고준희에게 외부를 맡기고 자신은 내부로 침투해 간부들을 찾았다.

한시라도 빨리 야쿠자 두목을 찾아 제압을 해야 이번 일을 마무리할 수 있기 때문이다.

한참을 달리니 문 앞에 일단의 사내들이 서 있는 것을 볼 수 있었다.

밖이 그렇게 소란스러운데 그들은 문 앞에 도열해 있는 것을 보니 아마도 문 뒤에 야쿠자 두목과 간부들이 있을 것으로 짐작이 되었다.

고재환은 지체 없이 손에 든 총을 쏘았다.

탕! 탕! 탕!

고재환이 총을 쏘자 그의 뒤를 따르던 다른 경호원도 총을 쐈다.

말은 길었으나 고재환이 야쿠자들을 발견하고 그들을 제압하기까지 걸린 시간은 1초도 걸리지 않았다.

그 이유는 특별경호원들이 차고 있는 아머슈트에 있었다.

파노라마 사이트에 외부 상황이 모두 떠오르는데 손에 든 무기가 향하는 표적이 자동으로 표시가 되기 때문이다.

그러니 조준을 신중하게 할 필요 없이 바로 화면에 표시가 돼, 발사하면 되는 것이고, 적들에 비해 반응속도가 빠를 수밖에 없다.

물론 이 기능은 KDD에서 만든 것이 아니라 미국에서 개발한 것을 그대로 사용하는 것이다.

아직까지 이런 부분에서 한국은 미국을 따라가지 못하고

있는 것이 현실이니 어쩔 수 없었다.

하지만 성환이 가져다준 자료가 있으니 연구를 한다면 한국도 언젠가는 자체적으로 뛰어난 프로그램을 개발할 수 있을 것이다.

아무튼 문 앞에 있던 야쿠자들을 처리한 고재환과 경호원들은 문을 열고 안으로 뛰어들었다.

"웬 놈들이냐!"

안으로 뛰어들기 무섭게 누군가 소리를 질렀다.

고재환은 방 안 가장 상좌에 있는 남자가 자신을 노려보며 소리를 지르자 천천히 앞으로 다가갔다.

그런 고재환의 모습에 중간에 자리하고 있던 사내들이 움직여 가로막았다.

고재환은 그런 야쿠자들의 모습을 보며 걸음을 멈췄다.

"항복해라!"

너무도 간단한 말이 나왔다.

한편 야쿠자들은 이상한 복장을 하고 자신들을 찾아와 항복하라는 말을 하는 고재환의 모습을 지켜보며 어떻게 해야 할지 판단을 할 수가 없었다.

"정체가 뭐기에 우릴 습격한 것인가?"

위협적인 고재환의 모습을 보면서도 이곳 아카도라구미(赤虎組)의 오야붕인 무라야마는 두 눈을 부릅뜨고 물었다.

그런 무라야마의 모습에 고재환도 눈을 반짝였다.

지금까지 야쿠자 집단을 처리하면서 여러 야쿠자 두목을 보았다.

그런데 무라야마 같은 의기를 보이는 자는 하나도 없었다.

갑작스런 기습에 놀라고 또 평범하지 않은 자신들의 모습에 놀라 의연한 모습을 보인 자는 하나도 없었다.

그런데 무라야마는 마치 일제 강점기 때 종로를 지키던 조선의 건달을 보듯 한 치 흐트러짐 없는 모습으로 자신에게 질문을 하고 있는 모습이 다르게 다가왔다.

"지금까지 만난 야쿠자 두목과는 다르군."

"음……."

고재환이 무라야마를 보며 감탄의 말을 했을 때, 무라야마는 그런 고재환의 말에 신음을 흘렸다.

그 짧은 말에 무라야마는 자신의 조직뿐 아니라 이들에게 많은 야쿠자 조직이 무너졌다는 것을 알게 되었다.

'이자의 눈은 흔들림이 보이지 않는다.'

고재환은 자신을 노려보는 무라야마의 눈을 쳐다보며 그의 성정을 느낄 수 있었다.

성환을 따르면서 고재환도 어느 정도 사람을 보는 안목을 가지게 되었다.

그런 고재환이 판단하기에 눈앞에 있는 야쿠자 두목은 지금까지 자신이 처리한 자들과 다르게 키워 줘도 배신을 하지 않을 자로 판단이 되었다.

고재환은 그런 판단이 서자 바로 포섭 작업에 들어갔다.

"항복하라! 그리고 우릴 따른다면 지금과는 비교도 되지 않을 정도로 키워 줄 것이다."

조금은 허무맹랑하게 들리는 말이었지만 무라야마는 이 말을 쉽게 생각할 수가 없었다.

특이한 복장에 자신의 앞에 세 명만 보이는 것을 보니 자신의 조직을 습격한 자들은 그렇게 많은 인원은 아니라 판단이 되었다.

그런데 그런 소수로 비록 오사카나 요코하마 등 대도시의 큰 조직과 비교되진 않지만 정예라 평가받는 자신의 조직을 이렇게 단시간에 제압할 수 있는 자들의 정체가 궁금해졌다.

"얼굴도 보이지 않는 자를 어떻게 믿는다는 말인가?"

무라야마는 도대체 눈앞에 있는 자의 정체가 궁금해 협상을 하려면 얼굴을 보이라는 말을 돌려 말했다.

그런 무라야마의 말을 알아들은 고재환은 그를 포섭하기로 마음을 굳힌 상태라 바이져(Visor)를 올렸다.

한데 작전 중 얼굴을 내보이려는 고재환의 모습에 뒤에 있던 김진수 과장이 제지했다.

"전무님, 여기서 저희의 정체를 들켜선 안 됩니다."

"괜찮아."

자신을 제지하는 김진수의 말에 고재환은 괜찮다는 말을 하며 얼굴을 가리고 있는 가리개를 오픈했다.

그런 고재환의 모습에 야쿠자들은 긴장을 하였다.

마치 애니메이션이나 특수촬영물 주인공 같은 복장을 하고 있는 인물의 정체가 공개되려는 모습이기에 긴장을 하였다.

하지만 그런 야쿠자들과 다르게 고재환은 간단한 버튼 조작으로 얼굴을 공개했다.

"아니!"

야쿠자들은 고재환의 얼굴을 확인하고 깜짝 놀랐다.

서양인들은 구분하지 못하는 동북아시아 삼 국의 사람들은 자국인과 외국인을 또렷하게 구별을 할 수 있었다.

야쿠자들이 본 괴인영의 정체는 일본인이 아닌 한국인이라는 사실에 깜짝 놀랐다.

"아니, 한국인이 여긴 무엇 때문에……."

무라야마는 고재환의 정체를 깨닫고 말을 하다 말았다.

"왜? 내 정체가 한국인이라 항복을 할 수 없다는 말인가? 잘 판단하기 바란다. 현재 한국인들은 너희 일본인들이 벌인 테러 행위로 무척이나 분노하고 있다. 하지만 그렇다고 우린 너희 일본처럼 마구잡이 테러를 자행하진 않을 것이다. 그러니 잘 판단해 결정을 하기 바란다. 시간은 일 분 주겠다."

고재환은 무라야마가 하려는 말을 끊고 자신의 말을 했다.

아무리 무라야마가 괜찮은 인물이라 판단이 되는 사람이라고 하지만 자신의 제안을 받아들이지 않는다면 소용이 없는 것이다.

자신의 제안을 받아들인다면 앞으로 유용하게 쓸 생각이며, 그것이 꼭 무라야마 본인에게 나쁜 것만은 아니었다.

성환에게 앞으로 어떻게 야쿠자들을 관리할 것인지 계획을 들었기에 무라야마와 같은 이들이 많이 필요했다.

일본은 한국보다 땅이 넓고 인구가 많다.

그러니 넓은 일본에 거주하는 야쿠자들을 관리하기 위해선 부라쿠들 외에도 많은 이들이 필요하다.

그래서 생각해 낸 것이 바로 한국에서 지역 연합을 만든 것처럼 야쿠자들도 지역별로 관리 조직을 만들고, 그들을 부라쿠들을 통해 통제를 할 계획이다.

마치 중세시대 왕이 영주를 임명하고 또 영주들은 자신들 밑으로 기사나 향사를 두어 국민을 다시리던 것처럼, 각 지역에 관리자급 조직을 두고 또 그 위에 그들을 총괄할 조직을 또 부라쿠 조직을 통해 그들을 견제하려는 계획이다.

이런 시스템은 이미 한국과 중국에 성공적으로 시행되고 있다.

한국은 물론이고 중국 동부와 동남부 일대는 성환의 비호

아래 금련방이 세력을 떨치고 있었다.

이때 고재환이 들어선 문 밖에서 일단의 인형이 들어왔다.

"전무님! 모두 처리했습니다."

"수고했다."

마루야마는 고재환의 뒤로 새로운 인물들이 들어서자 잔뜩 기대를 하다 그의 말을 듣고 낙담을 했다.

혹시나 밖에서 자신들에게 밀려 탈출하려는 줄 알고 기대를 했다가 그가 외부에 있는 조직원들을 모두 처리했다는 말에 낙담을 하게 된 것이다.

고재환의 제안에 한참을 망설이던 마루야마는 이 안에 있는 간부들이라도 살리기 위해선 자신이 선택을 해야 한다고 생각을 했다.

"좋다. 항복하겠으니 이들을 살려 주기 바란다."

비록 항복을 하지만 비굴해지기는 싫었다.

그건 야쿠자로서 마지막 자존심이었다.

"그 조건 받아들이지, 일단 무기들은 모두 한곳으로 모아 두기 바란다."

마루야마가 항복을 하고 그 앞에 있던 아카도라구미의 간부들이 침통한 표정을 지었다.

대도시의 큰 조직에도 고개를 숙이지 않던 오야붕이 자신들을 살리기 위해 외국인에게 고개를 숙였다는 생각에 고개를 숙였다.

"오야붕!"

자신을 부르며 고개를 숙이는 간부들의 모습을 보는 마루야마는 결연한 표정으로 그런 간부들을 다독였다.

"고개를 들어라! 우린 아카도라다!"

고대인들은 호랑이를 무서워하면서도 무척이나 신성시 했다.

그건 한국과 일본 양국 모두 해당이 되었다.

무라야마와 아카도라구미의 조직원들은 자신들 조직의 이름에 무척이나 자부심이 강했다.

그런 이들이 다른 야쿠자 조직도 아니고 외국인들에게 제압이 되어 굴복을 했으니 얼마나 자존심이 상하겠는가?

하지만 그건 어쩔 수 없는 선택이다.

힘 앞에서 굴복할 수밖에 없는 것이다.

자신들이 사무라이도 아니고 목숨은 소중한 것이다.

가족을 지키기 위해선 자신의 자존심 따위는 언제든지 꺾을 수 있는 이들이 아카도라구미의 조직원이고, 그것이 아카도라의 정신이었다.

거대 외세에 대항하기 위해 조직된 아카도라구미, 그렇기에 비록 정체를 알 수 없는 외국인에게 제압되어 그들에게 굴복은 했지만 가족을 지키기 위해선 어쩔 수 없는 선택이다.

"지금의 선택이 최선이고 또 잘한 일이라 생각할 날이 있을 것이다."

고재환은 비분에 차 있는 야쿠자들을 보며 그렇게 이야기를 하고 밖으로 나갔다.

방 안에서는 마루야마를 비롯한 아카도라구미의 간부들이 침통한 표정으로 밖으로 나가는 고재환의 등을 쳐다보았다.

◆　　　◆　　　◆

"아직도 소식이 없나?"

이토 총리는 굳은 표정으로 관방장관을 향해 물었다.

총리의 표정이 이렇게 굳은 이유가 무엇인지 관방장관도 잘 알고 있기에 쉽게 대답을 할 수 없었다.

벌써 그들과 연락이 닿지 않은 지도 벌서 한 달이 넘었다.

더욱이 한국에서 들려오는 소식은 결코 일본에 좋은 소식이 아니었다.

조금 전만 해도 한국의 대통령에게 항의 서한을 받았다.

아니, 항의 정도가 아니라 국교도 단절할 수 있다는 경고문이었다.

한국에 테러를 자행한 것에 대한 사과와 피해에 대한 보상을 언급한 한국 대통령의 항의문 내용은 이토 총리를 초조하게 만들었다.

장관들이 보는 앞에서는 단호한 태도를 보였지만, 현재 일본 내에서도 이토 총리에 대한 여론이 좋지 못했다.

속속 드러나는 증거들로 인해 이토 총리가 동맹인 한국에 정말로 테러를 지시한 것이 아닌가? 하는 의혹이 번지고 있었다.

그런 와중 우익단체의 총리지지 선언과, 일부 지식인단체와 우익단체의 충돌로 인해 잠시 언론의 포화를 비껴갔기 때문에 자리를 보전할 수 있었다.

만약 그런 사건이 발생하지 않았다면 외압 때문에라도 이토 총리는 자리를 물러날 수밖에 없던 참으로 일촉즉발의 위기였다.

하지만 아직 그의 운이 다한 것이 아니었는지 양진영이 무력 충돌을 하면서 사회 이슈가 그쪽으로 쏠렸다.

물론 이토 총리가 자신의 권력을 이용해 언론을 그렇게 하도록 손을 쓰기도 했지만 아무튼 위기를 넘겼다.

그렇지만 위기가 끝난 것은 아니었기에 어떻게든 이번 위기를 벗어날 한 수가 필요했다.

이번 위기만 잘 극복하면 다시 반격할 시기가 돌아올 것이다.

아니, 어떻게든 그렇게 만들 계획이다.

비록 한국이 자신이 힐책한 계획을 최소한의 피해로 막아 내긴 했지만 어찌 되었든 피해는 피해다.

아직 한국은 어수선한 상태이고, 또 한국 국회에 침투한 자신들의 하수인들을 이용해 국론을 분열시킨다면 충분히 역전이 가능했다.

어차피 자신의 계획은 한국을 점령해 일본인들을 방사능에 오염된 지역에서 안전한 땅으로 이주시키는 것이 목적이다.

만약 그렇게만 된다면 이전의 자신의 실책은 모두 면죄부를 받을 수 있었다.

일본인들은 그랬다. 과정이야 어떻게 되었든 결과만 좋으면 됐다.

과정이 아무리 좋아도 결과가 나쁘면 그건 악이다. 죄악인 것이다.

하지만 결과가 좋으면 과정이야 어떻게 되었든 그것이 참이고 최선인 것이었다.

그러니 자신도 이번 위기만 넘기면 본격적으로 한국 정벌을 시도할 예정이다.

그러기 위해서 미국에 로비스트를 보내 무기 구입 의사를 타진했다.

어떻게 진행이 되고 있는지 자세한 내막은 알지 못하지만 미국인들의 성향을 보면 아마도 자신의 의도대로 많은 무기를 구매해 올 것이다.

미국인들은 자국 산업 육성을 위해선 어떤 비이성적인 행위도 마다하지 않을 족속들이다.

금수품목으로 묶어 둔 무기들도 어쩌면 이번에 들여올 수도 있었다.

최강의 전투기라 불리는 F—22이나 B—1 전략 폭격기 등도 구입이 가능하지도 몰랐다.

이토 총리가 그렇게 예상하는 이유는 현재 미국 국적의 군수산업체들의 적자가 날로 심화되고 있기 때문이다.

처음 F—22을 개발할 때만 해도 미국은 개발이 오래된 F—15전투기를 대신해 미국 본토를 지킬 공중 제압 전투기를 원했다.

즉, 그 말은 F—22를 개발해 모든 F—15 전투기를 대체하고자 했다는 말이다.

하지만 막상 F—22를 개발하고 나니 비용이 감당이 되지 않았던 것이다.

한참 성장할 때야 예산이 남으니 충분히 가능한 계획이었지만, 경제성장이 둔화되고 적자폭이 커지다 보니 국방에 사용되는 예산이 줄었다.

그 때문에 미국 의회는 전투기 교체 사업을 중단하려 했지만, 군의 강력한 주장으로 규모 축소로 사업을 변경했다.

원래는 700대 정도 생산할 예정이었지만 200대로 생산 대수가 확 줄어 버렸다.

그 때문에 원가는 상승하고 이래저래 F—22를 개발했던 록히드사는 의회의 결정을 따를 수밖에 없었다.

그나마 다행이라면 F—16을 대체할 차기 전투기 사업을 따냈다는 것뿐이다.

F—16을 대체할 전투기로 F—35가 선정이 되면서 어느 정도 숨통이 트이는 줄 알았지만 그것도 잠시 계속해서 발생하는 오류 때문에 완성을 보지 못했다.

벌써 몇 년 째 보완에 보완만 하고 있어 언제 완성이 될지 아무도 장담할 수 없었다.

만약 이대로 간다면 보잉과 함께 최대 전투기 생산업체인 록히드사가 적자를 이기지 못하고 파산할 수도 있었다.

그러니 이토 총리는 이번에 어쩌면 일본도 세계 최강이라는 F—22를 보유할 수도 있을 것으로 예상을 했다.

"아키라에게선 연락이 왔나?"

"그것이······."

이토 총리는 혼자 미국이 이번 무기 구입에 적극 임할 것이고 꿈에 그리던 F—22처럼 지금까지 필지 않던 무기들을 많이 판매할 것이라 예상을 하다 물었다.

그런데 시원한 대답이 아닌 뭔가 자신의 예상과 다른 일이 벌어진 듯했다.

"왜? 무슨 일 있나?"

자신의 질문에 머뭇거리며 대답을 하지 못하는 관방장관을 보며 이토 총리는 고함을 질렀다.

그런 총리의 모습에 관방장관은 하는 수 없이 대답을 했다.

"무엇 때문인지 이유를 알 수 없지만 미국에서 저희에게 무기를 판매하지 않겠다고 합니다."

"뭐라고?! 그게 무슨 소리야! 판매를 하지 않겠다니, 그럼 우린 어떻게 되는 것이야?"

이토 총리는 관방장관의 대답을 듣고 깜짝 놀랐다.

아니 미국이 무기를 판매하지 않겠다는 것이 도대체 무슨 소린가?

자신의 예상대로라면 미국은 자신들이 무기를 구입한다고 하면 적극적으로 환영할 것이라 생각했다.

그런데 결과는 그 반대로 나왔다.

정말로 미국이 무기를 판매하지 않겠다고 하면 지금 자신들이 벌인 일은 결코 수습을 할 수가 없었다.

만약 한국이 미친 척하고 일본을 공격이라도 한다면 비록 지지는 않겠지만 엄청난 피해가 예상되었다.

만약 그렇게 된다면 한국이나 일본이나 둘 다 망하는 것이다.

아니, 한국은 생각 말고 일본만 두고 생각해도 그 후유증이 장난이 아닐 것이 분명했다.

더욱이 자신은 동맹국을 테러하고 또 공격을 한 것이지 않은가?

전쟁을 하더라도 점령을 했다면 변명의 여지가 있지만 그렇지 못하고 패하거나 아니면 양패구상을 하여 휴전을 하게 된다면 일본은 국제사회에 왕따가 될 것이다.

지금도 의혹만으로 많은 고초를 겪고 있는데 전쟁을 하고 결판을 내지 못하면 일본이 동맹국을 테러한 것이 기정사실로 굳혀지는 계기가 될 것이고 그럼 일본은 북한처럼 고립이 될 것이 빤했다.

이런 생각에 이토 총리는 눈앞이 깜깜해졌다.

"그럼 뭐야! 미국에 들어간 것이 언제인데, 아직까지 아무것도 구입하지 못한 것인가?"

"다행히 업체들은 미 의회의 결정 때문에 무기를 판매하지 않겠다, 했지만 꼭 무기 구입을 그들에게서만 할 필요는 없습니다."

관방장관은 로비스트 토리야마에게서 전해 들은 대로 총리에게 대답을 했다.

"비용이 더 늘어나긴 하겠지만 무기 상인들을 통해 구입하면 된다고 합니다. 그리고 현재 세계에서 열 손가락 안에 들어가는 무기상인과 협상 중이라는 연락을 받았습니다."

이토 총리는 관방장관의 이야기를 듣고 표정이 조금 풀리긴 했지만 그래도 불안한 표정으로 물었다.

"그래도……."

하지만 그가 말을 다 하기도 전에 관방장관이 한마디 했다.

"대신 무기 상인을 통한다면 금수품목 중 몇 가지 물건에 대해 구입이 가능하다고 합니다."

"그게 정말인가?"

어느 나라던 최신 무기는 외부에 판매를 하지 않는다.

아니, 판매를 하더라도 다운 그레이드를 하고 판매를 했다.

다운 그레이드란 말 그대로 성능을 떨어뜨리는 것을 말한다.

그 말은 겉모양은 같을지 몰라도 성능이 한 단계 내지 두 단계 이상으로 차이가 난다는 말이었다.

막말로 그렇게라도 판매를 하면 다행이었다.

다운 그레이드를 하고도 뭐가 그리 불안한지 이것저것 제한을 걸고 심지어 가격도 원가 보다 더 비싸게 판매를 했다.

그런데 그런 것 없이 최신 기종을 구입을 할 수 있다는 말에 조금 전과 다르게 얼굴이 폈다.

그런 총리의 모습에 꺼내지 못했던 뒷말을 하였다.

"그런데 일단 저희가 필요한 수량을 구입하기 위해선 시간이 더 필요하다고 합니다."

관방장관은 지금 기분이 좋아진 총리의 기분을 망치고 싶진 않아 조심스럽게 시간이 더 걸린다는 말을 했다.

하지만 이토 총리는 기분이 좋아 그런 것을 그냥 지나쳤다.

"뭐 개인 사업자이니 그렇겠지. 좋아! 어떻게든 국방부가 요구한 품목과 수량이 확보할 수만 있다면 조금 더 시간이 들더라도 기다려 줄 수 있다. 그렇다고 언제까지 기다려 줄 수는 없는 문제이니 장관이 나서서 재촉을 해 봐!"

"알겠습니다."

사실 총리가 생각해도 자신들이 계획한 날짜까지 무기를 인도받기는 어려웠다.

이건 미국이 자신들이 구입하려는 것을 수락해도 빠듯한 시간이었다.

사전에 한국에 정보국의 닌자들을 파견하기 전부터 준비를 하긴 했지만 그래도 아직 준비가 부족했다.

설마 한국이 이렇게 빠른 시간에 사고를 수습할지는 짐작도 못했었다.

그 때문에 계획이 어긋난 것이다.

원래 계획대로라면 한국은 아직도 정신을 차리지 못하고 혼란에 빠져 허둥지둥하고 있어야만 했다.

◈　　◈　　◈

일본 총리관저에서 이토 총리가 관방장관과 무기 구매에 관한 이야기를 하고 있을 때, 미국 백악관에서도 그와 관련된 회의가 진행이 되고 있었다.

"국장, 아직도 일본인들이 무기 구매를 하려고 하나?"

더글라스 대통령은 자신의 맞은편에 앉은 FBI국장 제라드를 보며 물었다.

한편 대통령의 질문을 받은 제라드 국장은 바로 대답을 했다.

이미 그들의 움직임은 모두 파악을 하고 있기 때문에 망설일 필요가 없었다.

"현재 일본의 로비스트로 파견된 토리야마 아키라는 정부의 권고대로 군수업체들이 판매거부를 하자 무기 상인들에게 눈을 돌렸습니다."

"음, 이거 그냥 둬서는 안 되겠군."

더글라스 대통령은 작은 목소리로 중얼거렸다.

하지만 비록 작게 혼잣말처럼 중얼거렸다고 하지만 안보회의 자리는 무척이나 폐쇄적인 곳이라 모두 대통령의 말을 들었다.

대통령의 부정적인 반응에 국무장관이 조심스럽게 물었다.

"프레지던트, 그런데 굳이 일본의 제안을 거절할 필요가 있었습니까? 현재 국내 군수업체들이 영업 부진으로 인해 힘들어 하는데, 이번 기회에 일본에 많은 무기를 팔아넘기면 좋지 않았습니까?"

국무장관이 말을 하기는 했지만 여기 있는 많은 사람들도 그와 비슷한 생각을 하고 있었다.

이들이 군수업체에 로비를 받아 그런 것이 아니라 정말로 무기를 사겠다는 나라가 있고, 또 그중에서도 자신들의 호구 중 하나인 일본이 엄청난 수량의 무기를 사겠다고 찾아왔는데, 안 팔겠다고 돌려보낸 이유가 궁금했다.

더글라스 대통령은 국무장관의 질문에 잠시 회의장 내부를 둘러보았다.

그의 눈에 들어온 안보회의 참석자들의 표정을 보니 자신이 그런 지시를 내린 이유가 궁금한 듯 보였다.

이에 이들의 궁금증을 풀어 줘야 할 때라 생각하고 자신이 그런 지시를 내린 이유를 설명해 주었다.

"물론 그렇게 하면 지금은 많은 무기를 판매할 수 있을 거야. 하지만 우린 한국이란 또 다른 시장을 잃는데 어떻게 그런 악수를 둘 수 있겠나."

"그건 또 무슨 말씀이십니까? 한국을 잃다니요?"

더글라스 대통령의 말에 국무장관이 고개를 갸웃거렸다.

다른 몇몇 사람들도 국무장관과 비슷한 표정이었다.

그런 이들을 보며 더글라스 대통령은 하워드 CIA국장을 돌아보며 고개를 끄덕였다.

대통령의 신호를 받은 하워드 국장이 이야기를 하기 시작했다.

"나눠 드린 서류 중 D—4를 참조하시기 바랍니다. 6주 전 한국에서 벌어진 테러를 기억들 하실 것입니다."

하워드 국장의 입이 열리고 생각지도 않은 한국에서 발생한 테러 이야기가 나오자 안보회의에 참석한 장관이나 차관들의 눈이 차가워졌다.

미국은 그 어느 나라보다 테러에 대해 예민한 반응을 보인다.

각종 테러의 목표가 되는 대표적인 나라가 바로 미국이기 때문이다.

물론 테러를 당하는 이유가 어느 정도 있긴 하지만 그렇다고 미국이 그것을 인정하는 것은 아니다.

아무튼 각종 테러를 당하면서 미국도 테러 단체에 그냥 당하지 않았다.

배후가 알려지면 바로 보복 조치를 취했다.

그리고 보복을 당한 테러 단체는 다시 미국에 테러를 하고 이런 상황이 반복되면서 미국은 테러에 관해서 어떠한 타협도 하지 않는 국가가 되었다.

그런데 지금 일본의 무기 구입에 대한 이야기를 하다 말고 갑자기 한국에서 발생한 테러에 대한 이야기를 하자 알 수 없다는 반응을 보인 것이다.

하지만 이 중 몇몇은 한국에서 발생한 테러와 조금 전 일본의 무기 구입과 뭔가 연관이 있다는 생각을 하게 되었다.

"설마 일본과 한국에서 발생한 테러가 연관이 있다는 말씀입니까?"

질문을 한 사람은 백악관 법률 고문으로 있는 리차드 김이었다.

리차드 김은 이름에서도 알 수 있듯 한국계 미국인으로 미국 내 한인들의 지지를 받는 인물로 더글라스 대통령의 오랜 친구이기도 했다.

그는 자신이 한국계라고 하지만 미국과 한국의 이익이 대립한다면 미국의 편을 들 것이라 표명한 인물이기도 하여 한인들 사이에선 지지와 논란을 함께 가지는 사람이다.

하지만 지금 미국의 동맹인 일본과 한국 중 일본이 또 다른 동맹인 한국을 테러했다는 소리에 깜짝 놀라며 분노했다.

비록 지금 자신의 조국이 미국이긴 하지만, 뿌리는 한국이었다.

전에도 자신의 칼럼에 기고를 했듯 미국과 한국이 대립을 한다면 자신은 지금의 조국인 미국을 지지할 것이다.

하지만 일본이 한국에 테러를 했다면 자신은 한국을 지지할 것이다.

그런데 지금 CIA 국장이 일본 정부가 같은 동맹인 한국을 테러를 했다고 한다.

그것도 그것을 빌미로 전쟁을 일으키려는 계획까지 가지고 말이다.

이런 이야기를 듣게 된 리차드 김은 그냥 있을 수가 없었다.

한편 그와 반대로 친일본 경향의 빌 헤링턴 재무장관이 인상을 썼다.

사실 그는 이번 일본에 대한 무기 판매 금지에 불만이 많았다.

현재 자국 군수산업은 날로 하향곡선을 그리고 있다.

이런 때 자신이 나서서 일본에 무기 구입을 추진하라는 제안을 했었다.

그리고 마침 많은 무기가 필요했던 일본 정부도 자신들과 말도 통하는 빌 헤링턴 장관의 제안에 적극적인 반응을 보였다.

이 때문에 군수산업체들로부터 많은 금품을 제공 받기도 했다.

하지만 대통령의 지시로 일본에 대한 무기 판매는 불발로 끝났다.

그 때문에 처음 이 일을 추진하던 그의 입장이 무척이나 난처해졌다.

어차피 한국이고 일본이고 자신들은 이익만 보면 되는 것 아닌가?

그런데 이렇게 어깃장을 놓는 이유를 알 수가 없었다.

그렇다고 이 자리에서 자신의 생각을 겉으로 표현할 정도로 생각이 없진 않아 그저 돌아가는 상황을 지켜보려고 하지만 방금 전 리처드 김의 태도는 마음에 들지 않았다.

"현 일본 정부는 동부 지역의 방사능 오염으로부터 일본 인들을 보호한다는 미명 아래 한국을 침략해 점령할 계획으로 이번 테러를 계획했습니다. 그리고 테러로 혼란한 틈에 신속하게 한국을 점령한다면 우리 미국도 자신들을 어쩌지 못하고 중국을 견제하는 데 한국이 사라진 자리를 자신들이 대신 한다는 말로 우릴 설득하려고 하고 있습니다."

이미 CIA에서는 일본 정부가 획책하고 있는 계획을 속속들이 모두 꿰고 있었다.

지금 안보회의 석상에서 그런 전말을 발표하는 하워드 국장은 조심스럽게 더글라스 대통령을 보며 발표를 했다.

전에 실수한 것이 있기에 현재 CIA는 물론이고 국장인 하워드까지 자세를 낮추고 있었다.

테러를 죽기보다 싫어하는 미국인들에게 자국의 정부 기구의 요원이 테러를 했으니 그들의 수장이었던 하워드의 기분이 어떻겠는가?

더욱이 밝혀지진 않았지만 그 테러를 지시한 것이 바로 자신이지 않은가?

그 비밀이 알려진다면 자신은 저 악명 높은 관타나모 수용소에 수용될지도 몰랐다.

아니, 그것도 아니면 오스트레일리아에 조성된 비밀 감옥에 투옥될 수도 있었다.

모든 것을 떠나 비밀이 탄로 난다면 자신의 말로는 뻔했다.

그렇기에 현재 기를 못 펴고 자세를 낮춰 국가의 이익이 되는 정보에 관해선 자신의 이익을 생각하지 않고 모두 보고를 하고 있었다.

그리고 그중 하나가 바로 이번 일본의 테러와 관련된 정보였다.

"모두 들어서 알겠지만, 이번 일본의 무기 구매 의향도 일본의 침략 계획의 일환이라는 것이오. 난 CIA의 보고를 듣고 어떤 것이 우리 미국에 최대의 이익인지 철저히 따져 본 결과, 일본이 한국을 침략해 점령하는 것 보다는 지금과 같은 형태가 가장 좋다는 결론을 내렸고, 그래서 무기 판매를 금지한 것이오."

대통령의 말을 모두 들은 사람들은 모두 각자 생각에 잠겼다.

그리고 내린 결론은 대통령과 같았다.

'그래, 하나 보단 둘이 좋지.'

이들이 내린 결론은 일본 하나 보다는 일본과 한국 두 나라가 있는 것이 결과적으로 자국의 군수산업이나 각종 사업에 더 이익이란 결론을 내렸다.

어차피 두 나라 다 자신들의 요구에 아무런 항변을 하지 않고 수용을 하는 나라들 아닌가?

그런데 그런 나라들 중 하나를 잃을 필요는 없는 것이었다.

8.
새로운 의뢰

일본인들은 그들이 인식도 하지 못하는 사이 변화의 바람
이 불기 시작했다.

언젠가부터 일본은 전쟁이란 것에 무감각해지기 시작했다.

TV에서는 경제를 살리자던 뉴스 보다는 외국인을 몰아내
자! 라는 구호가 더 많이 나오기 시작했다.

특히나 한국과 중국에 대한 시위가 수시로 송출이 되면서
이제는 그런 일이 일상이 되어 버렸다.

그러다 보니 처음 그런 모습을 접할 때와는 반응이 사뭇
달라졌다.

사람이 계속해서 스트레스를 받다 보면 그 스트레스에 대

한 감각이 무뎌진다고 있던가?

그래서 그런지 일본인들에게 우익단체의 과격 시위는 마치 아침에 일어나 세수를 하고 밥을 먹고 학교에 가는 것처럼 아주 평범한 것이다.

물론 일각에선 이런 현상이 결코 바람직하지 않다고 호소를 하지만, 이미 타인에 대한 배려가 사라진 개인주의만이 판치는 세상이 되다 보니 자신의 일이 아닌 이상 관심을 보이지 않았다.

그런데 이게 사회적으로는 큰 문제가 될 수도 있지만 현재 은밀하게 일을 진행하고 있는 성환과 KSS경호의 특별경호 팀에게는 무척이나 호재로 작용했다.

사람이 하는 일이다 보니 아무리 철저히 준비를 하고 작업을 했다고 하지만 사람들의 눈에 띄지 않을 수 없었다.

그렇지만 자신의 일이 아니다 보니 그것을 신고를 하는 사람은 아무도 없었다.

물론 피해자들이 야쿠자란 것을 알고 있는 일본인들이다 보니 목격자들도 그저 야쿠자들 간의 다툼으로 생각해 몸을 사린 것이기도 했다.

이러니저러니 해도 어찌 되었던 정상적인 현상은 아니다.

◈　　◈　　◈

어둠이 내린 교토의 거리가 내려다보이는 한 호텔, 한일 관계가 많이 악화가 되었지만 그래도 기업들은 돈을 벌기 위해 대상을 가리지 않고 영업을 하였다.

어차피 그런 갈등은 각국 정부가 알아서 해결을 할 것이고 민간인들은 그저 자신들이 해야 하는 일을 하면 되는 것이다.

그래서 그런지 분위기가 흉흉하긴 하지만 일본에는 많은 한국인이나 중국인들이 아직도 각자 사정으로 체류하고 있었다.

물론 성환과 특별경호팀도 야쿠자를 평정하기 위해 이렇게 호텔에 묵었다.

성환은 불편하지 않게 호텔 한 개 층을 모두 예약을 해 버렸다.

괜히 일본인과 마주했다가 불편한 일이 발생하지 않기 위해서다.

하는 일이 하는 일이다 보니 긁어 부스럼을 만들 필요는 없었다.

와자지껄, 웅성웅성.

한 객실에 모여 이야기를 하고 있는 특별경호원들 그들은 성환의 명령으로 일본 각지를 돌아다니며 야쿠자 조직을 평정했다.

이제 남은 것은 일본 최대 조직인 지옥카이와 그 산하에 있는 조직들이었다.

옛날 야마구치구미처럼 삼만 명이 넘는 대 인원을 가진 조직은 아니지만 그래도 조직원 삼천을 보유한 대형 조직이었다.

현재 성환과 특별경호팀의 수는 딱 열세 명이다.

즉 열셋 대 삼천의 전쟁이 남아 있는 것이다.

물론 지금까지 특별경호팀이 상대한 조직들 중에 지옥카이와 그 산하 단체를 합친 숫자보다 더 많은 조직원을 가진 대형 조직이 없던 것은 아니었다.

하지만 그들은 철저히 각개격파를 당했기에 순조롭게 제압을 할 수 있었다.

이들이 야쿠자 조직을 제압하면 신풍회가 전면에 나서서 이들을 관리했다.

그러니 특별경호팀은 그저 야쿠자 조직만 제압하면 일은 끝나는 것이다.

그렇게 해서 특별경호팀은 방사능 오염 지역으로 선포되어 소개된 지역을 뺀 지역의 야쿠자들을 모두 평정했다.

이제 남은 곳이라고는 오사카를 중심으로 하는 지옥카이와 그 산하 조직만 남겨 두고 모두 이곳에 모였다.

"만수, 너희는 어땠냐?"

"우리? 뭐 별거 있겠냐. 말만 많았지 조폭이랑 별다를 것 없더라."

"그렇지, 나도 겪어 보니 한국의 조폭이나 야쿠자나 다를 게 없어 보이더라. 아니 이제는 한국 조직들이 더 셀 것 같더라!"

"하긴……."

특별경호 1팀에 소속된 방만수 과장이 2팀의 최규현 과장의 대화를 하는데, 그들의 이야기 골자는 한국에 있을 당시 풍문으로 듣던 야쿠자와 직접 격은 야쿠자의 차이를 알게 되어 동기끼리 모여 이야기를 하는 것이다.

그리고 그런 것은 다른 사람들도 마찬가지였다.

비록 직급은 비슷하나 군에 있을 당시 약간씩 입대 날짜가 달라 기수로 선후배를 정하거나 이제는 사회인이 되었기에 나이가 같은 이들끼리 친구가 된 이들끼리 모여 이야기를 했다.

그런데 한쪽에서 고재환과 심재원이 심각한 표정으로 대화를 하고 있었다.

"심 전무, 이제 얼마 남지 않은 것 같은데 자네 생각은 어때?"

고재환은 그동안 자신이 지나왔던 길들을 돌아보며 그렇게 재원에게 물었다.

"지금까지와는 다르게 무척이나 격렬하게 대응을 할 것 같아."

"자네도 그렇게 생각하지? 사실 지금까지 겪었던 야쿠자들은 듣던 것 보다 못하더군."

"맞아, 차라리 한국 조폭들이 좀 더 반응이 있었던 것 같아. 야쿠자들은 뭐 지들이 무슨 영업사원이라도 된 것 마냥 행동을 하더군. 야쿠자도 여느 일본인들처럼, 초식이 되었나 봐."

심재원은 자신이 상대했던 야쿠자들 중 정말로 야쿠자 같지 않게 머리를 굴리며 기습을 한 자신들과 협상을 하려는 듯 행동하던 이들이 생각나 그렇게 대답을 했다.

그리고 그런 경험을 한 것은 비단 재원만이 아니라 고재환도 그런 경험을 했다.

이곳 교토에 세력을 떨치고 있던 이시나리구미가 그러했다.

그들도 의문의 조직이 야쿠자들을 평정하고 있다는 정보를 입수하고 대책 회의를 하던 중 고재환의 1팀에 제압이 되었다.

모든 조직원들이 제압이 되자 이시나리구미의 회장 모리오카 이시나리는 고재환에게 제안을 했다.

자신의 조직을 풀어 준다면 이시나리구미가 축적해 놓은 부의 일부를 주겠다는 것이었다.

물론 그런 이시나리의 제안은 거절했다.

이미 이시나리구미는 제거 대상으로 올라와 있었기 때문이다.

지방의 조직인 이시나리구미의 부는 도쿄의 대 조직에 못지않은 부를 축적하고 있었는데, 이 모든 것이 서민과 일부 외국인 노동자들을 착취해 얻은 부였기 때문이다.

교토에도 많은 한국인 여성 접대부들이 술집에서 일을 하고 있었다.

일본에 접대부로 일하는 이들 중 거의 대부분은 빚을 지고 일본에 팔려 와 그 빚을 갚기 위해 일하는 여성들이 대부분이었다.

그런데 아이러니하게도 빚은 계속해서 늘어만 갔다.

한국인들을 몰아내자며 떠드는 일본인들, 하지만 그들은 밖에서는 일본의 부를 외국으로 빼돌린다면 악을 쓰고 험담을 하지만, 정작 술집에 와서는 일본인 접대부 보단 한국인 접대부를 더욱 선호했다.

키도 크고 늘씬하며 미인들인 한국 여성이 자신을 떠받드는 것에 자신이 뭔가 된 것 같았기 때문이다.

한 번 야쿠자에게 붙잡힌 여성은 그 늪에서 헤어 나올 수 없었는데, 그래도 정도라는 것이 있었다.

일본에 팔려 간 한국 여성들 중에 인기 있는 여성들은 그 지옥의 늪에서 빠져나와 오히려 신데렐라가 나오기도 했다.

그런 환상을 쫓아 이 계통으로 뛰어드는 여성들도 많지만 아무튼 여느 조직들은 그렇게 풀어 주기도 하는데, 이시나리구미는 그렇지 않았다.

철저하게 어떤 경우에도 그들의 덫에 걸린 먹이는 빠져나가지 못하게 올가미를 이중삼중으로 칭칭 감았다.

이런 정보들을 모두 입수한 상태이니 모리오카의 제안을 받아들이지 않았다.

뿐만 아니라 이시나리구미는 철저하게 분해되 사라졌고, 그 조직원들도 경중에 따라 그 죗값를 치렀다.

그리고 다른 이시나리와 비슷한 성향을 보이던 조직들도 같은 운명을 맞았다.

어차피 야쿠자들이 사라지는 것에 일본 정부가 그렇게 안타까워 신경을 쓰지는 않았기 때문이다.

어차피 일본에 널리고 널린 것이 야쿠자이고, 그들은 일본인들에게 아무런 쓸모가 없는 존재로 인식이 되어 있다.

물론 양지로 나오는 야쿠자 조직이 있기는 하지만 그건 극소수.

한국의 조폭처럼 일반인에게 한 번 야쿠자는 영원히 야쿠자인 것이다.

"이번에 상대할 조직은 지금까지와 다르게 만반의 준비를 했을 것이고, 또 일본 정계에 막강한 영향력을 행사한다고. 아니, 아마도 일이 벌어지면 우리를 잡기 위해 공권력이 투입될지도 몰라."

재환은 테이블 위에 있는 지옥카이에 관한 정보를 보며 심재원에게 말을 했다.

"확실히 중소규모의 여타 조직과는 다르겠지. 하지만 그렇다고 우리에게 조금 더 걸리적거리는 존재일 뿐이야."

"하긴, 지금까지 규모가 큰 조직이건 그렇지 않은 조직이건 다 대동소이했지."

재환과 재원 두 KSS경호 전무이사가 앞으로의 일에 대한 이야기를 하고 있을 때, 성환은 호텔의 다른 방에서 누군가를 만나고 있었다.

◆　　◆　　◆

"처음 뵙겠습니다."

40대 초반의 남자가 성환을 보며 인사를 했다.

"전 대한상사의 일본지부장인 최익현이라고 합니다."

"반갑습니다. KSS경호의 정성환이라고 합니다."

성환은 자신을 대한상사의 지부장이라고 하는 남자의 눈을 잠시 쳐다보다 자신의 소개를 했다.

서로 자신을 소개한 최익현과 성환은 잠시 말없이 상대를 쳐다보았다.

'차장님은 무엇 때문에 이 사람에게 그 정보를 넘기라는 것이지?'

사실 대한상사라는 회사는 그냥 평범한 무역회사가 아니라 국정원이 내세운 유령회사.

그리고 일본지부장인 최익현은 국정원 1차장 밑에 있는 일본지부 요원이다.

그런 그에게 1차장 삼식의 지령이 떨어졌다.

그런데 그 지령이 이해가 가지 않는 내용이라 선뜻 명령대로 자료를 넘기지 못하고 성환을 살펴보는 중이다.

'이 사람을 믿을 수 있나? 도대체 차장님과 어떤 관계이기에 우리가 어렵게 구한 자료를 넘기라는 것인지 알다가도 모르겠군!'

사실 상부에서 내려온 지령은 별거 아니었다.

일본 지부가 수집한 일본군 주둔지의 배치도와, 한국이 신경 써야 할 신형 무기들의 위치였다.

최익현 지부장이 이런 고민을 하고 있을 때, 성환도 어제 받은 최세창의 부탁을 생각하고 있었다.

"들어오는 정보를 토대로 전략 분석을 한 결과 일본은 우리와 전쟁을 기획하고 있는 것으로 결론 내렸다. 그리고 이번 테러도 우리 한국을 혼란에 빠뜨리기 위해 벌인…… 즉, 전쟁을 하기 전 초전이나 마찬가지였다."

"전쟁?"

"그래, 이토 총리라는 놈은 우리와 전쟁을 벌였을 때, 충분히 가능성이 있다고 판단을 내렸다고 한다. 다만 자신들의 피해를 최대한 줄이고 또 미국의 개입을 막기 위해 속전속결로 전쟁을 마무리해야 한다는 조건 때문에 1차로 국내에 테러를 자행하고 혼란한 우리를 도발하기 위해 독도 문제로 우릴 도발하여 우리가 반격을 하면 전격적으로 독도를 점거하고, 선전포고를 한 뒤 일본 해군과 공군을 총동원해 전격전을 치른다는 계획이라 한다."

"그건 어떤 정보가 들어왔기에 그런 판단을 하는 거냐?"

"이건 국정원에서 보내 온 정보다. 국정원 일본지부에서 일본 정부 관료들이 2년 전부터 수시로 회동을 한다는 첩보를 입수하고 그동안 끈질기게 도감청을 실시해 어렵게 취득했다고 한다."

"음, 아직까지 해군이나 공군 전력은 일본에 못 미치지 않나?"

"그렇지, 아직까지 우리 해군이나 공군 전력은 북한을 상대로 준비를 했기에 많은 부분에서 일본과 비교할 수 없는 열세다."

"그렇지 우리 군은 북한을 주적으로 설정하여 작계를 수립한 관계로 육군 전력은 어디에 내놔도 뒤지지 않는 전력을 보유했지만, 해군이나 공군은 많이 미흡하지. 그에 반해 일본은 러시아 해군의 남하를 저지하기 위해 수립된 작전 계획으로 인해 세계 4위의 해군 전력을 가지고 있지……."

"그래서 그러는데, 이번에 일본에서 일을 끝내면 우리 군의 의뢰하나만 처리해 줘라."

"어떤 일?"

"내일 국정원 직원이 널 찾아갈 거야."

"그래서?"

"국정원 일본지부에서 그동안 일본군의 배치나 전력 등을 수집했다고 한다. 그중에 우리에게 위협이 되는 무기들도 상당량 보유한 것으로 조사가 되었다. 특히 SM—2(함대함 미사일)과 AGM—84H 슬램—ER(공대함 미사일)을 엄청나게 보유한 것으로 보인다."

"그러니까 네 말은 나보고 그걸 처리해 달라는 말이냐?"

"맞아. 현재 군에서는 특수부대를 파견할 수 없는 상태다."

"응? 무슨 일 있냐?"

"참나, 네가 일본에 간 사이 한국에서는 난리가 났다."

"무슨 소리야! 알아듣게 이야길 해야 알아듣지."

"그게 무슨 소린가 하면, 이번에 군에서 사고가 하나 터졌다. 그런데 그것을 빌미로 국회의원 일부가 군에 대한 특검을 실시해야 한다고 주장하고 있고, 또 일부 언론도 마치 짜기라도 한 듯 그 문제만 다루고 있다."

"뭐야?! 아직 테러 복구도 안 된 상태에서 겨우 군에서 사고가 났다고 그렇게 호들갑을 떨고 있다고?"

"사실 작은 일도 아니다. 너도 알겠지만 군대란 것이 사고가 났다고 바로 보고를 하는 것도, 또 그대로 보고를 하지도 않으니까."

"무슨 말인지 알겠다. 내가 전에도 말했지, 언젠가 이 일로 큰 일 치를 줄 알았다."

성환은 최세창과의 대화에서 현재 한국군이 처한 상황을 미뤄 짐작할 수 있었다.

분명 테러 사건에 대한 국민들의 관심을 다른 곳으로 돌리기 위해 물 타기성 사건을 터뜨린 것이 분명했다.

사실 성환도 군대에 있을 당시 이런 문제로 언젠가 큰 곤란을 겪을 것이란 예상을 했다.

그 때문에 상부에 군대 내 사건사고에 대한 보고체계를 개선해야 한다는 안건을 냈었다.

하지만 그런 성환의 안건은 받아들여지지 않았다.

군대란 폐쇄적인 곳이라 사건을 은폐하려고 작정을 하면 파헤치기 어려운 곳이다.

자신의 진급에 큰 영향을 줄 사건을 어느 부대장들이 순순히 보고를 하겠는가?

그런 관계로 지금까지 각종 사고가 터질 때마다 국방부 장관이 나와 대책을 세우겠다고 기자회견을 하긴 하지만 아직까지 변한 것은 아무것도 없었다.

한참 생각을 하고 있을 때 최익현이 가져온 서류봉투를 성환의 앞으로 밀었다.

성환에 대한 믿음이 생긴 것은 아니지만, 상부의 지시를 자신이 임의대로 판단을 할 수 없는 일이기에 그냥 명령대로 따르기로 한 때문이다.

일개 경호회사의 사장을 국정원 직원인 그가 잠깐 보고 믿음을 가진다는 것은 첩보요원으로서 말도 되지 않는 일이다.

막말로 어제 본 자신의 부하도 의심해야 할 직업이 바로 국정원 요원과 같은 스파이들의 숙명이다.

같은 동료라고 방심을 했다가 언제 어느 때 배신을 당할지 모르는 직업인 것이다.

성환은 자신의 앞에 서류봉투가 다가오자 잠시 머뭇거리다 봉투를 집어 들었다.

이미 국정원 직원이 자신을 찾을 것이며 어떤 물건을 전달하지 모두 들은 관계로 망설이지 않기로 했다.

군이 해야 할 일이지만 현재 군대는 움직일 수 없는 상황이다.

더군다나 아무리 대한민국 특수부대가 대단한 능력을 가지고 있다고 하지만 일본의 군부대에 침투해 들키지 않고 목적을 이루기란 여간 어려운 일이 아니다.

아니 거의 불가능하다는 말이 맞았다.

하지만 대한민국 군은 이런 일을 하기 위해 양성했던 부대가 있었다.

비록 현재는 사라진 부대지만 그 부대원들이 죽은 것은 아니다.

그저 소속이 군이 아닌 민간 기업으로 자리를 옮긴 것이지만 말이다.

그 때문에 최세창은 이미 일본이 한국과 전쟁을 벌일 준비가 되어 있고 또 아직도 진행형이란 것을 알게 되자 망설임 없이 성환에게 연락해 도움을 청했다.

KSS경호의 특별경호팀이라면 일본군에 들키지 않고 작전을 수행할 수 있다는 판단 때문이다.

정보사령부 내에 설치되어 S1프로젝트가 진행이 되는 모습을 곁에서 지켜본 그인지라 이런 일에 최적이라 생각해 상부에 상신해 자신들이 하지 못하는 일을 성환에게 의뢰한 것이다.

그리고 성환도 어떻게든 전쟁을 막아야 한다는 생각에 세창의 의뢰를 수락했다.

일본과 전쟁이 발발한다면 수진이나 자신의 주변인들이 다칠 수 있기 때문이다.

현재 성환이 일본에 있는 것도 사실 다른 일 때문이 아니다.

수진이 연예인으로 활동을 하면서 해외공연을 자주 나간다.

그리고 그 범위에 일본도 포함이 되어 있다.

그러니 일본에 신경을 쓰지 않을 수도 없었다.

우익단체들의 혐한시위나 일본 정부를 극우주의자들이 장악한 상태에서 야쿠자들이 그들의 하수인이 되어 어떤 짓을 벌일지 몰랐다.

그래서 야쿠자들을 일단 정리하는 것이다.

성환의 일처리 방식이 그렇다.

가장 밑바닥부터 손발을 끊어 옴짝달싹 못하게 만든 상태에서 머리를 치는 것이다.

그렇게 한다면 굳이 몸통까지 쳐 피를 많이 볼 필요가 없는 것이다.

한국에서 조폭들을 처리할 때도 그런 방식으로 손발을 자르고 핵심을 파고들어 제압을 함으로써 조직들을 제압했다.

지금 일본에서도 한국에서 했던 것처럼 외곽에서부터 중심부로 이동을 하며 야쿠자들을 제압했다.

남은 것은 가장 강력한 지옥카이만 남았다.

그러던 차에 새로운 의뢰가 들어왔다.

이 의뢰는 단순한 의뢰가 아니라 한 국가의 운명이 걸린 일이다.

일본이 전쟁을 하기 위해 준비한 물자를 파괴해야 하는 일이다.

그것도 정체를 들키지 않는 다는 조건이 걸린 미션인 것이다.

성환은 이런 생각이 들자 오래 전 잃었던 뭔가가 다시 새롭게 살아나는 것을 느꼈다.

육사를 졸업하고 특전사에 자원해 임관했다.

그리고 그곳에서 자신이 지키지 못한 부하들을 만났다.

팀장으로 북한 핵시설을 파괴하는 임무를 받아 북한에 침투를 했지만 어이없는 아군의 배신으로 부하들을 모두 잃었다.

비록 백두산에서 기연을 얻어 상상도 못했던 능력을 얻긴 했지만 그 기연이 죽은 부하들을 살리진 못했다.

그 때문에 장장 10년을 방황했다.

작전을 하다보면 죽을 수도 있는 일이지만 자신이 조금만 더 능력이 있었더라면 다만 몇 명이라도 살릴 수 있었을지 모른다는 생각에 S1프로젝트를 입안했다.

속죄한다는 마음으로 그들을 양성했는데, 세상은 뜻대로 흘러가지 않았다.

그리고 사건은 그뿐이 아니었다.

수진의 일과 누나의 죽음과 얽혀 잠정이 극단으로 치달았다.

그러면서 성환은 어떤 감정이 죽어 버렸다.

그런데 지금 잊었던 감정이 살아나기 시작했다.

최익현이 내미는 봉투를 잡는 손끝에서부터 어떤 감각이 성환의 심장을 깨웠다.

두근!

가슴이 뛰었다.

'뭐지? 무엇 때문에 이렇게 가슴이 뛰는 것이지?'

성환은 이 알 수 없는 감각 때문에 현재 정신을 차릴 수가 없었다.

모든 정신이 이 생경하면서도 익숙한 감정을 파악하기 위해 집중이 되었다.

그런 성환의 모습을 의아하게 쳐다보는 최익현이었다.

그는 지금 성환이 어떤 감정에 빠져 있는지 알지 못하기에 자신이 내민 봉투를 들고 정지된 화면처럼 움직이지 않는 모습에 고개를 갸웃거렸다.

◈   ◈   ◈

성환은 국정원 일본지부장인 최익현과의 미팅을 마치고 돌아와 특별경호팀을 불렀다.

"모두 모였나?"

"예, 다 모였습니다."

성환은 그동안 고생한 특별경호팀원에게 자유 시간을 줬지만 그들은 자신들이 해야 하는 일이 어떤 성격의 일인지 깨닫고 있어 혹시라도 밖에 돌아다니다 문제를 만들 수도 있다는 생각에 외출을 하지 않고 호텔 내부에서만 스트레스를 해소했다.

호텔 밖을 나가질 않았으니 성환의 호출은 금방 모일 수 있었다.

모든 인원이 모이자 성환이 이야기를 시작했다.

"원래 계획은 일본의 야쿠자 조직을 평정하고 한국으로 돌아가는 것이 애초 계획이었다. 그런데……."

성환은 이야기를 하다 잠시 말을 멈추고 자리에 있는 이들의 얼굴을 하나하나 쳐다보았다.

그렇게 자신들의 얼굴을 쳐다보는 성환의 눈빛이 심상치 않다는 것을 깨달은 특별경호원들은 자신도 모르게 마른침을 삼켰다.

꿀꺽!

이들이 긴장을 하거나 말거나 잠시 이들의 얼굴을 쳐다보던 성환이 다시 이야기를 시작했다.

"나라에서 우리에게 의뢰를 해 왔다. 그것도 사상 초유의 일을 말이다."

성환이 나라에서 자신들에게 의뢰를 했다는 말에 고재환이 물었다.

"그게 무엇입니까?"

모든 사람들의 시선이 성환의 입으로 모였다.

그리고 성환이 입이 천천히 열리기 시작했다.

"현재 일본이 한국과 전쟁을 준비하고 있는 것으로 판단된다."

성환의 말이 떨어지기 무섭게 예상과 다르게 전쟁이란 단어가 튀어나오자 모두 깜짝 놀랐다.

"사장님 그게 무슨 말씀이십니까? 설마 일본이 우리와 전면전을 벌이려고 한다는 말씀이십니까?"

"전쟁이라니……."

"일본이 왜?"

"내가 이럴 줄 알았다. 쪽발이 새끼들."

특별경호원들은 성환의 말에 놀란 표정으로 각자 혼잣말을 했다.

그런 경호원들의 모습을 말없이 지켜본 성환이 손을 들어 떠들고 있는 경호원들을 조용히 시켰다.

"조용, 아직 이야기 끝나지 않았다."

"죄송합니다. 너무 놀라운 이야기라."

성환의 질책에 고재환이 나서서 사과를 했다.

"아마 다들 어쩌면 이럴지도 모른다는 생각들은 했었을 것이다."

사실 성환의 말대로 한국에서 테러범들을 잡아들이고 그들의 정체가 일본인이란 것을 알게 된 뒤로 어쩌면 일본이 어떤 음모를 꾸미고 있다고 생각했다.

하지만 그저 독도에 대한 도발 내지는 독도의 무력점령 정도만 예상을 했지 전면전을 준비하고 있었을 것이라고는 생각지 못했다.

아무리 일본의 전력이 한국보다 우세하다고 하지만 전면전을 해서는 승산이 없었다.

한국의 전력이 일본보다 약세이긴 하나 그렇다고 아예 상대가 되지 않을 정도는 아니다.

원래부터 일본의 해군이나 공군 전력이 한국보다 우세한 것은 사실이다.

그렇지만 한국이 일본보다 앞선 전력이 육군 말고도 또 하나 있다.

그것은 바로 현대전(現代戰)에 가장 핵심인 미사일 전력이다.

그런데 미사일 전력에서 아직까지 일본보다 한국이 우세하다 알고 있는 이들에게 일본이 한국과 전쟁을 준비하고 있었다는 말이 쉽게 이해가 가지 않았다.

막말로 한국이 열세인 해군 전력을 넓은 공해상에서 싸우지 않고 육지와 가까운 곳에서 미사일 전력의 도움을 받고 싸운다면 충분히 일본 해군을 막아 낼 수 있었다.

그리고 그건 공군도 마찬가지다.

더욱이 한국은 미사일 사거리 1,500㎞의 순항 미사일을 보유하고 있었다.

하지만 자신들이 알기로는 일본은 아직까지 장거리 미사일이 없는 것으로 알고 있기에 무슨 자신감으로 일본이 한국을 상대로 전쟁을 하려고 하는지 아직도 이해가 가지 않았다.

하지만 성환은 이미 오래전부터 일본이 한국과 전쟁을 하기 위해 준비를 하고 있었다는 정보를 최익현에게 듣고 온 뒤라 침착하게 이들에게 설명을 해 주었다.

"일본은 자위대 시절부터 이미 준비를 하고 있었다고 한다."

성환의 말은 이들에게 충격이었다.

일본이 자신의 조국 한국과 전쟁 준비를 오래전부터 준비

했다는 말에 할 말을 잃었다.

동맹국에 테러를 지시한 것도 이해할 수 없는 행위인데, 더 나아가 전쟁을 준비하고 있었다는 말에 기가 막혔다.

"이걸 보면 내 말이 사실이란 것을 알 수 있을 것이다. 그리고 내가 받은 의뢰가 바로 일본이 비밀리에 준비한 무기를 파괴하는 일이다."

소설이나 영화에나 나올 법한 이야기였고, 또 의뢰였다.

그러면서 또 한편으로는 호승심이 일어나기도 했다.

'그래, 일본 놈들이 우릴 뒤통수 치기 위해 오래전부터 준비를 해 왔단 말이지? 어디 너희들이 그걸 제대로 써먹을 수나 있는지 내 두고 보겠다.'

자리에 있는 특별경호원들 가슴속에 하나같이 이런 마음이 들었다.

겉으로는 웃는 낯으로 친한 척을 하더니 뒤로는 칼을 준비하고 있었던 것이란 사실을 알게 되자 이들의 느슨했던 마음이 단단히 조여졌다.

"그런데 어떻게 군에서 저희에게 이런 의뢰를 하게 되었습니까? 원칙적으로 한국군에는 이런 일을 하기 위한 부대가 따로 있지 않습니까?"

심재원은 잠시 고개를 갸웃하다 문득 생각이 난 것이 있어 성환에게 자신이 생각한 의문 한 가지를 물었다.

그런 재원의 질문에 성환도 고개를 끄덕이며 대답해 주었다.

"아무래도 일본의 사주를 받은 누군가가 군이 움직이는 것을 막았다."

성환은 현재 한국에서 벌어지고 있는 군에 대한 특별감사에 대해 간략하게 설명을 했다.

최세창의 이야기를 듣고 성환이 판단하기에 지금 한국에서 벌어지고 있는 일이 너무도 부자연스러웠다.

마치 누군가 테러사건을 뒤덮으려는 의도로 일을 꾸미고 있는 것이 아닌가? 하는 의심을 사게 할 정도로 아귀가 딱딱 맞게 진행이 되고 있기 때문이다.

마치 사고가 나길 기다렸다는 듯 사고 발생 소식이 나오자마자 주요 일간지는 물론이고 인터넷까지 일파만파로 퍼져 나갔다.

아무리 사병들 간 구타 사고가 큰일이긴 하지만, 일본인에 의한 테러 사건과는 비교되지 않을 정도로 작은 일이다.

물론 그것이 작은 일이라고 좌시해선 안 될 일이지만 그래도 일이란 것이 선후가 있는 것이다.

그런데 테러사건의 후속 처리를 막으려는 듯 요란하게 떠들어 사람들의 관심을 다른 쪽으로 쏠리게 만들었다.

그리고 정부는 여론에 밀려 사건의 배후를 찾는 시기를 놓치고 말았다.

아무리 조사를 하려 해도 인과관계가 얽혀 있어 중간쯤 조사를 하다 보면 누군가에 의해 조사가 막혀 버렸다.

성환도 이런 이야기를 최세창에게 듣고 열불이 났다.

이런 것을 막기 위해 성환이 삼청 프로젝트를 진행하는 것이다.

그런데 국내는 물론이고 국외에서도 사고가 터지는 바람에 아직까지 마무리를 짓지 못했다.

"그런 관계로 현재 군은 특별감사를 받아야 하는 관계로 움직일 수 없다. 그래서 우리에게 의뢰를 한 것이다."

군이 움직이지 못하는 이유를 듣게 된 특별경호원들의 표정이 하나같이 분한 듯 얼굴이 붉어졌다.

그도 그럴 것이 이들 특별경호원들이 군대를 예편하게 된 원인이 바로 국회의원들의 특별감사 때문이었다.

극비 프로젝트로 양성 중이던 이들을 해체한 것이 바로 그들이다.

비록 말로는 주변국과의 외교 마찰을 피하기 위한 조치라고 하는데, 도대체 자국의 국방을 지키는 일에 무엇을 걱정하는 것인지 이해할 수 없는 조치였다.

아무튼 그런 이유 때문에 군이 자신들에게 의뢰를 했다는 것에 눈을 반짝였다.

"알겠습니다."

고재환이 대표로 성환의 말에 대답을 하자 성환은 밝은 표정으로 다시 이야기를 시작했다.

"일단 의뢰는 지옥카이를 처리한 뒤로 미룬다. 그리고 내 기우에서 하는 말이지만 설마 야쿠자 따위를 처리하는 데 부상자가 나오진 않겠지?"

이야기를 마무리하기 위해 자리에서 일어나던 성환은 기우라는 말을 하면서도 이들에게 야쿠자를 상대한다고 방심을 하지 못하게 당부를 했다.

"사장님, 사자는 토끼 한 마리를 잡더라도 최선을 다합니다."

성환의 말에 방만수 과장이 걱정하지 말라는 식으로 말했다.

그런 방만수를 보며 성환은 가벼운 농담을 던졌다.

"그런데 방 과장!"

"예?"

"사자가 사는 초원에는 토끼는 살지 않아!"

"예, 예?"

성환이 농담을 던지고 나간 것인지 생각지 못한 방민수는 성환이 들려준 말의 뜻을 이해하지 못하고 더듬었다.

그런 방민수의 모습이 어찌나 웃긴지 실내에 있던 특별경

호원들은 조금 전 굳어 있던 표정이 풀어지며 한바탕 박장대
소를 했다.

"와하하하!"

"하하하!"

"뭐, 뭐야! 방금 사장님께서 하신 뜻이 뭐기에 그렇게 웃
는 거야! 나도 좀 알자!"

자신을 보며 웃는 동료들을 보며 방만수가 그렇게 말했지
만 그런 민수의 말을 들은 경호원들의 웃음소리만 더욱 커졌
다.

◆　　◆　　◆

늦은 밤 오사카의 저택의 불빛은 꺼질 줄 모르고 밝게 빛
나고 있었다.

하지만 그 불빛이 밝을수록 그 불빛을 밝히고 있는 한 남
자는 고민 때문에 다들 잠든 시간에 잠을 못 이루고 있었다.

일본 야쿠자들의 정점 지옥카이의 두목인 타케다 유지로,
그는 시간이 갈수록 이상한 느낌을 받았다.

뭔가 자신의 앞날에 뭔가 벌어질 것만 같은 예감이 들었
다.

그런데 그게 결코 나쁘다고만 할 수 없는 느낌이라 갈피를

잡을 수가 없었다.

그의 나이 올해 62세, 42년 전 20살의 나이로 야쿠자에 입문했다.

타케다 유지로가 처음 몸을 담은 조직은 그리 큰 조직이 아니었다.

조직원이 10명밖에 안 되는 고베의 작은 조직의 고붕으로 들어갔다.

그러던 타케다가 지금의 일본 제일의 야쿠자 두목이 된 것은 상황, 상황 선택의 순간에 최선의 선택을 했기 때문이다.

그가 지금의 위치에 오르기까지 위기가 없던 것은 아니다.

그런데 타케다 유지로에게 특이한 능력이 있었다.

그것은 무언가 큰일이 닥치기 전 본능적으로 그것을 느낀다는 것이다.

그럴 때면 유지로는 한참을 고민을 하고 선택을 했다.

지금가지 유지로는 최고의 선택만을 하여 지금의 자리에 있었다.

그런데 지금 무엇 때문인지 요 근래 가장 중요한 선택을 해야만 할 시기가 도래했다.

이 느낌은 유지로가 한창 야마구치구미와 전쟁을 하던 시기가 마지막이었다.

그때 이후로 한 번도 이런 느낌은 찾아오지 않았다.

더욱이 인생 황혼기에 찾아온 이 감각에 한편으론 두렵기도 하지만 또 한편으로는 젊은 날의 흥분이 생각나 피가 빠르게 돌았다.

"무엇이냐? 무슨 일이 다가오는 것이냐?"

거대한 다다미방 안에 홀로 앉아 자신에게 다가올 알 수 없는 운명에 대해 고민을 했다.

한참을 생각하던 유지로가 밖에 대고 소리를 쳤다.

"곤도!"

"하이!"

"오야붕들을 불러라!"

무슨 결심을 하고 부른 것은 아니지만 일단 조직의 간부들을 불러 그들의 이야기를 들어 보아야 했다.

"알겠습니다."

문 밖에 있던 곤도는 얼른 대답을 하고 자리를 떠나 별채에 있는 하부조직의 두목들을 부르러 갔다.

시간이 잠시 흐르고 곤도의 뒤로 두목들이 따라왔다.

두목들은 각자 서열에 맞게 방에 들어와 자리에 앉았다.

"각자 이야기해 봐!"

유지로의 말에 다들 눈치를 보며 말을 아꼈다.

한참 그렇게 서로 눈치를 보다 아라가미카이의 두목 이치다 싱고가 이야기를 시작하자 방 안에 활력이 돌며 각자 자

신이 알아 온 정보나 자신의 구역에서 벌어지고 있는 일들에
관해 이야기하기 시작했다.

◆　　◆　　◆

일본의 최대 야쿠자 조직이자 오사카의 밤을 지배하고 있
는 지옥카이의 본부를 노려보는 일단의 사내들이 있었다.

"모두 모였나?"

"예, 모두 준비 끝냈습니다."

성환은 대답을 하는 고재환의 말을 듣고 고개를 돌려 뒤에
도열하고 있는 특별경호원들을 쳐다보았다.

그들은 아머슈트를 착용한 상태였는데, 이들이 착용한 아
머슈트는 일본으로 들어오기 전, 무광의 검정색으로 도색이
되어 있었다.

더욱이 지금은 달도 뜨지 않는 그믐이라 이들의 모습은 사
람들의 눈에 잘 띄지 않았다.

뿐만 아니라 이들의 아머슈트의 표면에는 CDS(카멜레온
디스플레이 시스템)이 작동을 하고 있어 이들의 모습은 발견
하기란 백사장에서 바늘을 찾는 것 보다 더 어려웠다.

CDS란 ADD에서 개발한 장치로 이 장치는 효과적으로
군사 장비를 숨기기 위한 장치다.

군사 장비를 숨기기 위해선 기존에는 위장막을 설치해야 하는데, ADD에서는 작전 중 일일이 위장막을 설치하고 걷는 것이 군사작전을 지연시킨다고 판단하고, 보다 빠른 작전을 위해 장비 자체에 위장 효과를 부여하는 것을 연구하게 되었다.

사실 이 연구는 한국이 처음 한 것이 아니라 미국이 먼저 연구를 하였다.

하지만 미국은 엄청난 연구비를 사용하였지만 결국 연구는 실패로 끝났다.

경제정책의 실패로 많은 예산이 삭감이 되면서 이 연구도 중단이 되고 만 것이다.

그렇지만 한국은 연구를 계속해 성공을 거두었다.

물론 이 연구는 너무도 획기적인 것이라 외부에는 알리지 않고 이렇게 한국형 아머슈트에 그 기술이 적용하였다.

그러니 이들이 있는 장소가 인가와 인접해 있다 하더라도 이들을 발견할 수 있는 사람은 아무도 없었다.

달도 뜨지 않는 그믐날 빛을 반사하지도 않고 또 주변과 동화하는 위장을 하는 장치가 작동하고 있기에 열감지 카메라가 아니라면 이들을 발견하지도 못할 것이다.

성환은 그들을 보며 눈을 반짝였다.

사실 성환은 이들과 함께 작전을 나간 적은 한 번도 없었다.

군대에 있을 때도, 그리고 이곳 일본에 와서도 성환은 따로 행동을 했다.

그저 이들이 훈련을 할 때 그 과정을 지켜보기만 했었는데, 지금은 자신이 가르친 이들과 작전을 준비하기에 이르자 조금은 감개가 무량했다.

"10분 뒤에 작전에 돌입한다."

성환이 10분 뒤 작전에 돌입한다는 말에 특별경호원들은 성환의 말에도 아무런 대답을 하지 않고 그를 쳐다보았다.

"그런데 작전이 변경되었다."

성환은 이들에게 작전이 바뀌었다는 말을 했다.

그런 성환의 이야기에 놀란 눈으로 쳐다보는 경호원들에게 변경된 이유를 설명해 주었다.

"아무래도 일본의 야쿠자를 빠른 시간에 장악하기 위해선 지옥카이를 무너뜨리는 것 보단 유지하는 것이 유리할 것 같다. 그래서 그들을 우리 밑으로 제압하는 정도로 마무리하기로 결정했다."

성환의 이야기를 들은 이들은 어떻게 반응해야 할지 판단이 서지 않았다.

사실 이들은 작전이 변경이 되었건 아니건 상관이 없었다.

일본에서의 일의 주체는 성환이기 때문이다.

"장전된 탄을 모두 빼고, 고무탄과 마취탄으로 채워라."

성환의 지시에 경호원들은 총에 장전했던 총알을 빼고 마취탄과 고무탄으로 갈아 넣었다.

저택의 경계를 서는 자들을 제압하기 위해선 마취탄이 꼭 필요했다.

원래라면 그냥 사살하면 편했을 것이지만, 제압을 목적으로 작전이 변경이 되는 바람에 사거리도 짧은 마취탄을 준비해야만 했다.

자시 시간이 흐르고 준비가 끝나자 성환과 특별경호원들은 작전에 들어갔다.

◈　　◈　　◈

성환과 특별경호원들은 약속된 작전대로 구역을 나눠 움직였다.

30m 전방에 경계를 서고 있는 야쿠자들이 보였다.

지옥카이 본부 입구를 지키는 이들은 총 네 명이었는데, 늦은 시각이지만 그들은 한 점 흐트러지지 않은 자세로 경계를 서고 있었다.

"만수와 한수가 저들을 처리해라!"

"알겠습니다."

성환의 지시에 김한수과 방만수가 앞으로 나섰다.

CDS장비를 가동하고 움직이는 이들이지만 방심하지 않고 어두운 그늘을 이용해 야쿠자들에게 접근을 한 두 사람은 최대한 야쿠자들에게 접근을 했다.

하지만 입구의 조명 때문에 두 사람은 야쿠자들과 20m 떨어진 곳에 멈출 수밖에 없었다.

"김 과장, 내가 오른쪽을 맡을 테니, 자네는 왼쪽 두 명을 맡아 줘."

"알았어, 그럼 셋 하면 시작하지."

"그래."

두 사람은 서로 누굴 처리할 것인지 정하고 준비한 마취총을 들었다.

마취총에는 코끼리도 단번에 잠재울 정도로 강력한 마취제가 들어 있어 맞으면 바로 제압이 가능했다.

"셋!"

김한수는 하나, 둘, 셋이 아닌 바로 셋을 외쳤다.

그런데 방만수는 이런 경험이 흔한지 당황하지 않고 총을 목표를 향해 발사했다.

슈웅! 슈웅!

"윽!"

두 사람이 발사한 마취총은 정확하게 목표에 명중했다.

마취총을 맞은 야쿠자들은 총을 맞은 부위를 잡고 주변을 잠시 돌아보다 그 자리에 쓰러졌다.

일반 마취제 같았으면 맞은 다음 반응 시간이 있어 경고를 할 수 있었겠지만, 김한수와 방만수가 사용한 마취제는 특별한 것이라 야쿠자들이 저항할 시간이 없었다.

경계를 하던 야쿠자들이 쓰러지는 모습을 본 두 사람은 입구로 달려가 주변에 있는 보안등의 전구를 깨뜨렸다.

팟!

조명이 꺼지고 대기하던 성환과 남은 특별경호원들이 입구에 모였다.

그동안 먼저 입구를 장악한 김한수와 방만수는 문 안쪽을 살폈다.

다행히 안쪽에서는 아직 이곳의 변고를 눈치채지 못하고 있었다.

잠시 안쪽을 살피고 있자 잠시 뒤 저택 정원의 불이 모두 꺼졌다.

다른 팀에서 먼저 정원의 조명에 들어가는 전원을 차단한 것이다.

약속대로 정원의 조명이 꺼지자 성환과 특별경호원들은 일제히 저택의 담을 넘었다.

정원 내부를 경계하던 야쿠자들은 조명이 꺼짐으로써 이들이 담을 넘었다는 것도 분간하지 못했다.

"뭐, 뭐야!"

잠시 소란이 있었지만 그것도 잠시 이들에게 접근한 성환과 특별경호원들에 의해 순식간에 제압이 되었다.

일본 최고의 야쿠자 조직의 정예라고 하지만 성환과 특별경호원들의 상대가 되지 못했다.

장비면 장비, 능력이면 능력 그 어느 것 하나 특별경호원에 미치지 못하는 존재들이라 순식간에 정원은 제압이 되었다.

정원을 제압한 특별경호원들의 행보는 거침이 없었다.

이제는 외부 경계를 조심할 필요가 없어진 것이다.

하지만 그렇다고 방심할 수는 없어, 성환은 이곳에 두 명을 남겨 두었다.

"병수와 민욱이 남아 접근하는 이들을 차단해라."

"알겠습니다."

두 명을 남긴 성환은 남은 인원을 데리고 저택 안으로 잠입했다.

"만수와 한수는 이층을 통해 들어가고 다른 사람은 내 뒤를 따른다."

"알겠습니다."

성환이 안으로 침입을 하자 만수와 한수는 훌쩍 점프를 하여 이층 난간을 붙잡고 베란다로 들어갔다.

　이들이 들어가고 나자 조명이 꺼졌던 정원은 복귀되었다.

　조명이 들어오고 남은 병수와 민욱은 제압된 야쿠자들을 결속하여 한쪽 그늘에 이들을 모아 두었다.

　저택에서는 잘 보이지 않는 곳에 입구를 지키던 이들과 정원에서 제압된 이들이 기절한 체 옹기종기 모여 있었다.

〈『코리아갓파더』 제13권에서 계속〉

코리아 갓파더

1판 1쇄 찍음 2014년 8월 26일
1판 1쇄 펴냄 2014년 8월 29일

지은이 | 정사부
펴낸이 | 정 필
펴낸곳 | 도서출판 **뿔미디어**

편집장 | 이재권
기획 · 편집 | 윤영상

출판등록 | 2002년 9월 11일 (제081-1-132호)
주소 | 경기도 부천시 원미구 상동로 117번길 49(상동) 503호 (우)420-861
전화 | 032)651-6513 / 팩스 032)651-6094
E-mail | bbulmedia@hanmail.net
홈페이지 | http://bbulmedia.com

값 8,000원

ISBN 979-11-315-3404-5 04810
ISBN 978-89-6775-518-8 04810 (세트)

※파본은 구입하신 서점에서 교환하여 드립니다.